Hatier Vacances

5^{e}

Vers la 4^{e}

12 / 13 ans

- **Français**
  Caroline Le Gouill et Sébastien Lenglet

- **Mathématiques**
  Pierre Jauffret et Agnès Vellay-Candiago

- **Anglais**
  Sylvie Collard

- **Histoire, géographie, EMC**
  Jean-Pierre Burriat et Laurent Fillion

- **Sciences & techno**
  Patrick Vermeulen, Hélène Manzo, Sylvain Soulard

Avec la collaboration de
Samuel Douhaire et Élisabeth Fainstein

Hatier

Découvre l'incroyable histoire de Jeanne et Willy

Jeanne
Jeanne est une princesse guerrière et l'héroïne d'un jeu vidéo. Intrépide et intelligente, elle aide son père dans la lutte qui oppose, depuis des temps immémoriaux, le royaume des Trois-Couronnes aux Archers noirs, venus du Nord.

Willy
Willy est le frère cadet de Jeanne. Tous deux ont grandi ensemble à La Cité, la capitale du royaume. Willy adore sa sœur qui le lui rend bien.

Dans la plaine, des combats acharnés se poursuivaient, faisant frissonner les arbres dénudés de l'hiver.
Hélas ! La Cité était à nouveau en butte aux attaques de hordes d'Archers noirs. Désireux de combattre aux côtés des nôtres, Willy et moi venions de franchir l'enceinte de la ville. Une salve de flèches enflammées siffla au-dessus de nos têtes, illuminant la nuit de mille feux.
Je brandis mon épée et fonçai droit sur les chevaux ennemis, qui s'enfuirent à toute allure.
Contente de ce premier succès, je me retournai vers Willy : mais mon frère était devenu tout pâle.
– Jea... Jeanne... Regarde autour de toi !
Je le dévisageai, perplexe, puis suivis la direction de son regard.

Retrouve la suite de l'histoire dans les exercices !

ISBN : 978-2-401-09395-9

8 épisodes pour revoir tous les points clés du programme

SOMMAIRE

Les fichiers audio d'anglais, signalés par ce pictogramme, sont disponibles sur le site www.editions-hatier.fr dans la fiche article de l'ouvrage.

Zapping

Une info documentaire au début de chaque épisode

Épisode 1

Zapping...

Ce Moyen Âge qui nous fascine

Bilbo le Hobbit, *Game of Thrones*, *The Legend of Zelda*... Autant de romans, séries ou jeux vidéo faisant référence à un univers médiéval. Le Moyen Âge a duré dix siècles ; c'est un véritable réservoir d'histoires ! Arthur, roi mythique des Bretons au Ve siècle, est au cœur des séries *Kaamelott* (M6) et *Merlin* (BBC) ; la guerre des Deux Roses, en Angleterre au XVe siècle, a inspiré *Game of Thrones*...

Plus encore, les légendes du Moyen Âge nous plongent dans un univers riche en émotions. Rien d'étonnant à ce que les livres et les séries nous invitent à combattre comme des chevaliers ou à frissonner en affrontant des dragons...

Reconstitution d'escrime médiévale. (ph© goodman_ekim / stock.adobe.com)

Français

Reconnaître un adjectif, identifier sa fonction

Échappés du donjon

Tu peux lire le début de l'histoire page 2.

Se pixellisant progressivement, forêts, champs et habitations étaient en train de disparaître sous nos yeux. Bientôt, nous fûmes plongés dans une obscurité complète. La clameur des combats avait cédé sa place à un silence inquiétant.

Je devinai immédiatement ce qui s'était produit : un joueur avait débranché la prise de la console, oubliant le jeu à l'intérieur. J'attrapai Willy par le bras et nous courûmes vers le château.

Arrivés au sommet de la grande tour, nous fîmes irruption dans la salle du trône. Avant que les gardes, éberlués, n'aient pu intervenir, je sautai sur un fauteuil et, d'un geste déterminé, décrochai un vieux portrait du mur, faisant apparaître un gros bouton rouge. Willy m'ayant rejointe, j'appuyai de toutes mes forces sur le bouton.

Et tandis que le ciel continuait à noircir, nous sortîmes du jeu.

Mini-Cours

- Un adjectif se rapporte à un nom (ou à un pronom).
- S'il est utilisé dans un groupe nominal (GN), sa fonction est :
  – épithète s'il est accolé au nom. Ex. : *Le courageux chevalier combat.*
  – apposition s'il est séparé du nom par une virgule.
  Ex. : *Courageux, le chevalier combat.*
- Quand il se rapporte à un sujet par l'intermédiaire d'un verbe d'état (*être, sembler, devenir*...), sa fonction est attribut du sujet. Ex. : *Le chevalier paraît courageux.*

1 **Dans le texte, souligne les adjectifs puis, comme dans l'exemple, relie chacun par une flèche au nom auquel il se rapporte.**

Attention
Vérifie que tu as repéré sept adjectifs.

2 **Indique la fonction grammaticale des adjectifs qualificatifs en couleur :** épithète (E), apposition (App) ou attribut du sujet (Att).

a) Écrit au XIIe siècle, *Yvain* de Chrétien de Troyes raconte l'histoire d'un valeureux (................) chevalier.

b) Un jour, le chevalier assiste à un combat entre un lion et un serpent crachant des flammes gigantesques (................). Il choisit d'aider le lion car il pense que le serpent est malfaisant (................).

c) Reconnaissant (................), l'animal s'attache au héros et le suit partout : Yvain devient « le Chevalier au Lion ».

3 **Entoure, dans cette grille, cinq adjectifs qui peuvent servir à caractériser un chevalier.**

E	L	D	N	B	I	M	C	E	T	A
S	C	O	U	R	T	O	I	S	O	G
C	O	U	R	A	G	E	U	X	S	I
R	E	M	U	V	E	R	L	A	I	L
T	A	N	H	E	R	O	I	Q	U	E

Indice
Les adjectifs sont disposés en ligne ou en colonne et toujours dans le sens de l'écriture.

CORRIGÉS p. 85

Accorder un adjectif

Mini-Cours

- L'adjectif s'accorde en genre et en nombre avec le nom auquel il se rapporte.
Ex. : *Les murailles hautes résistent mieux aux catapultes. → féminin pluriel*
- Quand il se rapporte à plusieurs noms de genres différents, il se met au masculin pluriel.
Ex. : *Les fêtes et les banquets organisés dans le château divertissent les chevaliers en temps de paix. → masculin pluriel*

1 **Réécris la phrase ci-dessous en remplaçant portrait par peintures.**
Accorde correctement l'adjectif.

Je décrochai un vieux portrait du mur. → ....

2 **Associe l'adjectif au nom auquel il se rapporte. Attention à respecter aussi le sens.**

des fondations •	• double
une enceinte •	• résistantes
le logis •	• destructeurs
des remparts et un donjon •	• seigneurial
des boulets de pierre •	• élevés

3 **Accorde correctement l'adjectif entre parenthèses.**

a) Au XIIIe siècle, le château fort se dote d'une (double) .... enceinte (entouré) .... de fossés (large) .... et (profond) ....

b) Des tourelles sont construites pour ne pas laisser d'angles (mort) ....

c) Un château peut alors être l'objet d'une attaque (direct) .... ou d'un siège (prolongé) ....

d) Pour se défendre contre les projectiles (incendiaire) ...., les toits sont couverts de plomb, et les plafonds en bois remplacés par de (solide) .... voûtes de pierre.

4 **Colorie en bleu les pierres qui comportent des adjectifs s'accordant avec le nom *châteaux*, et en rouge celles qui comportent des adjectifs s'accordant avec le mot *arme*.**

Attention

Certaines pierres resteront blanches !

Maths

Enchaîner des opérations et connaître les priorités

Mini-Cours

- Dans une expression avec parenthèses, on effectue d'abord les calculs entre parenthèses, en commençant par les parenthèses les plus intérieures.
- Dans une expression sans parenthèses comportant :

– uniquement des additions et des soustractions, on effectue les calculs, dans l'ordre, de gauche à droite ;

– uniquement des multiplications et des divisions, on effectue les calculs, dans l'ordre, de gauche à droite ;

– toutes sortes d'opérations, on effectue d'abord les multiplications et les divisions, puis les additions et les soustractions.

1 **En t'aidant de l'exemple, associe à chaque opération le vocabulaire correspondant.**

Addition	45 + 23	45 + 23 est la somme de 45 et 23.	45 et 23 sont les termes de la somme.
Soustraction	77 – 29	77 – 29 est .... de 77 et 29.	77 et 29 sont ....
Multiplication	41 × 12	41 × 12 est .... de 41 par 12.	41 et 12 sont ....
Division	275 ÷ 12	275 ÷ 12 est .... de 275 par 12	275 est .... et 12 est ....

2 **Récris les expressions suivantes en supprimant les parenthèses inutiles, puis calcule.**

A = (7 × 1,5) – (12 ÷ 2,4)

....

....

....

B = 300 – (81 + 1) + (50 × 3)

....

....

....

C = 1 000 × [100 – (10 + 1)]

....

....

....

3 Au cours de leur périple pour rejoindre Marseille, Childéric et Arthur ont rencontré :

– 4 troupes de brigands (effectif moyen : 5 personnes) ;

– 7 troupes de soldats (effectif moyen : 18 personnes) ;

– 11 groupes de paysans (effectif moyen : 3 personnes) ;

– un seul groupe de marchands (effectif : 6 personnes).

a) Écris, en une seule ligne, le calcul permettant d'estimer le nombre total *N* de personnes rencontrées.

....

***b*) Calcule *N* en précisant toutes les étapes.**

....

....

....

CORRIGÉS p. 85

Reconnaître des angles, prouver qu'ils sont égaux

Mini-Cours

Angles complémentaires, angles supplémentaires

Deux angles complémentaires sont deux angles dont la somme est égale à 90°.

Deux angles supplémentaires sont deux angles dont la somme est égale à 180°.

Angles opposés par le sommet

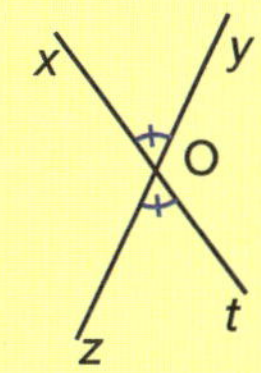

$\widehat{xOy}$ et $\widehat{zOt}$ sont des angles opposés par le sommet : ils sont égaux.

Parallèles et angles

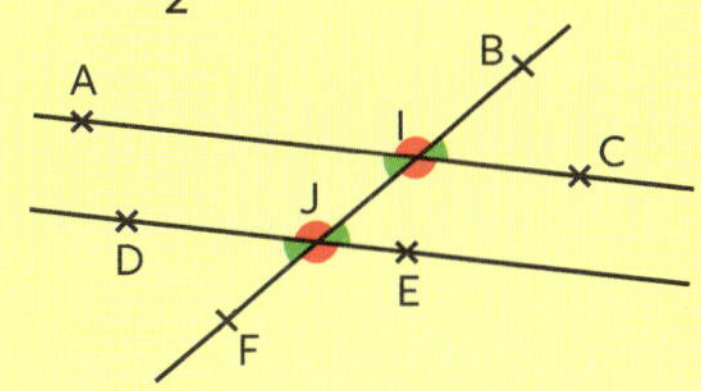

Si deux droites parallèles sont coupées par une sécante alors :

– les angles alternes-internes sont égaux deux à deux : $\widehat{DJI} = \widehat{JIC}$ et $\widehat{EJI} = \widehat{AIJ}$;

– les angles correspondants sont égaux deux à deux : $\widehat{EJI} = \widehat{CIB}$; $\widehat{FJE} = \widehat{JIC}$; $\widehat{AIB} = \widehat{DJI}$; $\widehat{FJD} = \widehat{JIA}$.

1 Dans cette figure, (AC) et (DE) sont parallèles.

a) Coche les bonnes réponses.

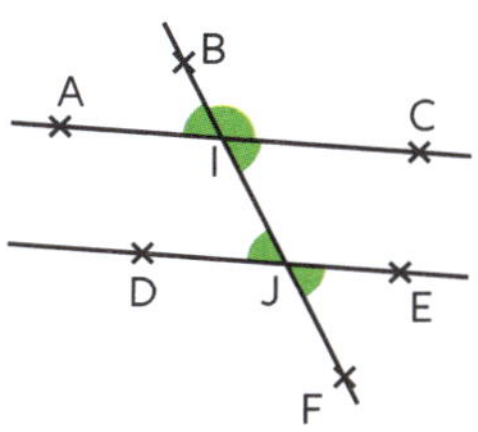

	Supplémentaires	Alternes-internes	Correspondants	Égaux
$\widehat{AIB}$ et $\widehat{IJD}$	☐	☐	☐	☐
$\widehat{BIC}$ et $\widehat{AIB}$	☐	☐	☐	☐
$\widehat{CIJ}$ et $\widehat{IJD}$	☐	☐	☐	☐
$\widehat{AIB}$ et $\widehat{EJF}$	☐	☐	☐	☐

b) Cite les couples d'angles opposés par le sommet. ....

2 Dans la figure de l'exercice 1, l'angle $\widehat{AIB}$ mesure 70°.

Calcule les angles de la figure sans utiliser ton rapporteur, puis justifie tes réponses.

a) $\widehat{BIC}$ = ... car ....

b) $\widehat{IJE}$ = ... car ....

c) $\widehat{DJF}$ = ... car ....

3 Le quadrilatère ABCD est un rectangle et $\widehat{BAC}$ = 24°. On veut calculer la mesure de l'angle $\widehat{ACB}$.

a) Pourquoi les angles $\widehat{BAC}$ et $\widehat{ACD}$ sont-ils égaux ?

....

b) Que peux-tu dire des angles $\widehat{ACB}$ et $\widehat{ACD}$?

....

c) Calcule $\widehat{ACB}$.

....

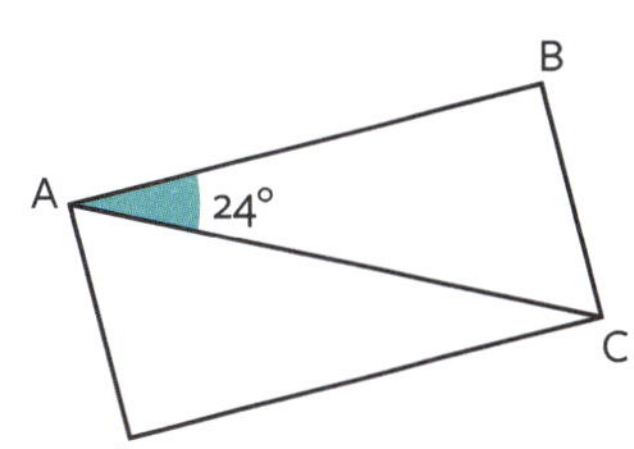

CORRIGÉS p. 85

Parler d'actions en cours

At Dublin airport

ANNA (*answering her mobile phone*) – Hello!
ALEXIS – Hello Anna! Alexis speaking. I'm sorry I'm late, but the plane was delayed.
ANNA – Don't worry! I'm waiting for you at the meeting point. Where are you now? What are you doing?
ALEXIS – I'm going through customs. I'm coming!
ANNA – Well, the meeting point is just opposite customs.
ALEXIS – Are you wearing a purple T-shirt?
ANNA – Yes, I am.
ALEXIS – I can see you, then!

(To be continued, p. 11)

- *the plane was delayed:* l'avion a été retardé
- *meeting point:* point de rencontre
- *to go through customs:* passer la douane
- *to wear:* porter (un vêtement)

Mini-Cours

- La conjugaison de *be* (être) au présent a trois formes : *I am* (*'m*), *he/she/it is* (*'s*), *we/you/they are* (*'re*). Comme c'est un auxiliaire, on lui ajoute *not* à la forme négative (*he isn't, they aren't*). Il précède le sujet à la forme interrogative (*Are you Irish?*).
- Pour parler d'actions en cours, on utilise le présent *be*+V-*ing*. Pour le former, on conjugue *be* au présent et le verbe qui indique l'action garde toujours la même forme (V-*ing*).
Ex. : *I am speaking.*

1 **Lis le dialogue, puis coche les affirmations correctes.**

- ☐ Alexis is at the airport.
- ☐ He is phoning.
- ☐ He is waiting for Anna.
- ☐ He is going through customs.
- ☐ He is standing at the meeting point.
- ☐ He is opposite customs.
- ☐ He is wearing a purple T-shirt.
- ☐ He can see Anna.

2 **Conjugue l'auxiliaire *be* au présent à la forme qui convient. Ajoute une négation si nécessaire.**

a) Alexis .... French, but he .... in France today. He .... at Dublin airport, in Ireland.

b) His parents .... in France. They .... with him.

c) Where .... Anna's parents? I don't know, I .... with them!

3 En France, en attendant des nouvelles d'Alexis, que fait sa famille ?
Complète les phrases en conjuguant les verbes suivants :

stand – sit – read – wait – watch

Alexis's mother is worried: she .... next to the telephone; she .... for his phone call. His father .... a book about Dublin in an armchair. His brother and his cousin Thaïs .... on the sofa. They .... a cartoon on television.

CORRIGÉS p. 85

Présenter sa famille

Meeting Anna's family

ANNA – This is our house. Come in!

YOLONDA (*opening the door*) – Good evening, Alexis! I'm Anna's mother. My name is Yolonda.

ALEXIS – Good evening! I'm glad to meet you.

YOLONDA – You already know Anna's father, Patrick. Come and meet the rest of the family. This is my son Quinton, and that is my daughter Thalia. Have yougot brothers and sisters, Alexis?

ALEXIS – Yes, I have. I've got a brother. His name is Sébastien and he's ten, just like Quinton.

ANNA – But... is he a pain too, like my brother?!

(To be continued, p. 20)

- *glad:* content, heureux
- *to meet:* rencontrer
- *already:* déjà
- *a son/a daughter:* un fils/une fille
- *to be a pain (fam.):* être embêtant

1 **Lis le dialogue et complète les phrases en cochant la ou les bonnes réponses.**

a) This takes place...
☐ in the morning.
☐ in the afternoon.
☐ in the evening.
☐ at night.

b) Anna has got...
☐ one sister. ☐ two sisters.
☐ one brother. ☐ two brothers.

c) Alexis has got...
☐ one sister. ☐ two sisters.
☐ one brother. ☐ two brothers.

Mini-Cours

● Pour parler de sa famille, on peut utiliser *have got* (avoir). *Have got* n'a que deux formes : *I have got a brother; she has got a sister*. On utilise aussi *have got* pour parler de ce que l'on possède.

● Pour montrer un lien de parenté entre des personnes ou pour marquer la possession, on peut utiliser le génitif (*'s*). On le construit ainsi : possesseur + *'s* + objet possédé (ou lien de parenté).
Ex. : *It's Anna's house.*

On peut aussi utiliser un déterminant possessif : *my, your, his, her/its/our, your, their.*
Ex. : *It's Anna's home. It's her home.*

2 Le mot « *'s* » peut être la contraction de *is* ou de *has* (dans *has got*), ou encore le génitif (G).
À quoi correspond-il dans les phrases suivantes ?

	is	has	G
a) Alexis's brother is ten.	☐	☐	☐
b) His name's Sébastien.	☐	☐	☐
c) Anna's got a brother too.	☐	☐	☐
d) Quinton's got two sisters.	☐	☐	☐

3 **Complète chaque phrase par le déterminant possessif correspondant au sujet souligné.**

a) <u>Alexis</u> and .... brother are French.
b) <u>Anna</u> and .... family are Irish.
c) <u>Anna, Quinton</u> and .... parents live in Dublin.
d) Are <u>you</u> in Ireland with .... brother?
e) <u>We</u> are in .... house, now.

Indice

Si je parle du père d'Anna, je dirai « her father » ; si je parle de celui d'Alexis, je dirai « his father ».

CORRIGÉS **p. 85**

Histoire

Chrétiens et musulmans aux VIIIe et IXe siècles

Mini-Cours

- Au VIIe siècle, une nouvelle religion monothéiste naît en Arabie : l'islam. Les fidèles de cette religion, les musulmans, conquièrent un vaste empire qui occupe la Perse, le Proche-Orient, l'Afrique du Nord ainsi qu'une partie de l'Espagne.
- En Europe, Charlemagne étend le royaume des Francs jusqu'à l'Espagne et l'Italie, faisant de la Méditerranée un espace de contact entre l'Orient musulman et l'Occident chrétien. En 797, il prend l'initiative d'un contact avec Haroun al-Rachid.

1 **Donne le sens du mot « monothéisme »** qui s'applique aux religions juive, chrétienne et musulmane.

....

....

....

....

....

....

2 **Complète le tableau avec les mots suivants :**

Aix-la-Chapelle – calife – Bagdad – chrétien – roi (puis empereur) – musulman

© Musée du Louvre/RMN - Grand Palais

Charlemagne (742-814)

© leemage.com

Haroun al-Rachid (765-809)

	Charlemagne	Haroun al-Rachid
Titre	....	....
Capitale	....	....
Religion	....	....

3 En 797, Charlemagne envoie une ambassade à Haroun al-Rachid pour lui demander de protéger les monastères chrétiens d'Orient et les pèlerins qui se rendent en Terre sainte.

Coche la bonne réponse.

a) Un pèlerinage est :

- ☐ un voyage que l'on fait vers un lieu saint pour des raisons religieuses.
- ☐ une expédition militaire entreprise pour délivrer un lieu saint.

b) La ville sainte où se rendent les pèlerins chrétiens est :

☐ La Mecque. ☐ Jérusalem.

4 **Retrouve, dans la grille de mots mêlés, l'étonnant cadeau vivant (et tout blanc !) que Charlemagne reçoit d'Haroun al-Rachid en 802.**

P	A	G	E	L	I	S	E	T
E	M	O	T	I	C	O	N	E
Z	E	L	E	P	H	A	N	T
L	O	U	I	S	E	Z	O	E
R	A	Q	U	E	T	T	E	S
E	P	U	I	S	E	T	T	E

Petite info

Charlemagne n'a pas eu cette « idée folle » un jour d'inventer l'école comme le laissait entendre une chanson jadis populaire. S'il y a bien eu une école créée par Charlemagne à Aix-la-Chapelle, elle était destinée à la copie de manuscrits, religieux pour la plupart.

CORRIGÉS p. 85

La masse volumique

Mini-Cours

On reconnaît facilement certains métaux : l'or et le cuivre grâce à leur couleur (l'or est jaune et le cuivre orangé) ; le fer, lui, est attiré par un aimant.

D'autres métaux, comme le zinc, l'argent et l'aluminium, sont plus difficiles à distinguer. On peut cependant les reconnaître grâce à leur masse volumique (notée ρ). En effet, à volume égal, les métaux n'ont pas tous la même masse.

1 **Coche la bonne réponse.**

a) La masse représente :

☐ la quantité de matière d'un corps.

☐ la place qu'un corps occupe dans l'espace.

b) La masse se mesure à l'aide :

☐ d'une éprouvette à pied graduée.

☐ d'une balance.

☐ d'une règle.

c) L'unité légale de la masse est :

☐ le gramme.

☐ le kilogramme.

2 Pour mesurer un volume, on utilise une éprouvette à pied graduée.

a) Entoure la position de l'œil qui convient.

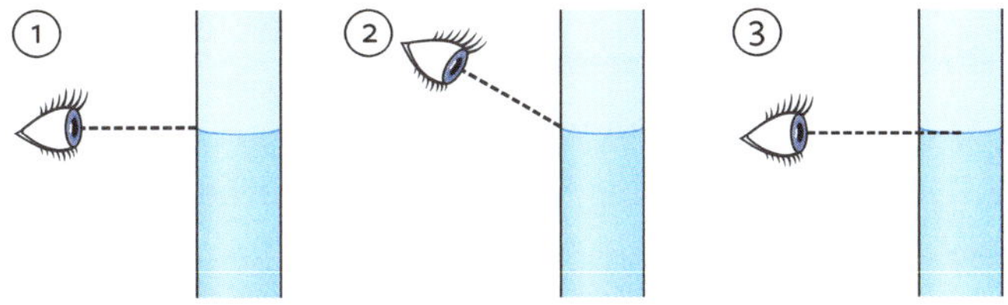

b) Quel volume d'eau est contenu dans cette éprouvette ?

V = ...

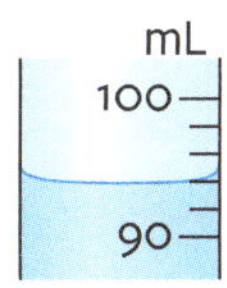

3 Un chevalier veut acheter une nouvelle épée. Il a le choix entre trois épées : une en aluminium, une en zinc et une en argent.

Le chevalier sait que l'aluminium est trop souple et l'argent trop cher. Il souhaite donc acheter l'épée en zinc, mais les trois épées sont mélangées ! Pour comparer les épées et retrouver celle en zinc, il doit donc calculer leur masse volumique.

Données

- Première épée : $m_1 = 1\,296$ g et $V_1 = 480$ cm³.
- Deuxième épée : $m_2 = 2\,160$ g et $V_2 = 300$ cm³.
- Troisième épée : $m_3 = 2\,520$ g et $V_3 = 240$ cm³.
- Masse volumique du zinc : $\rho = 7{,}2$ g/cm³.

Complète le tableau suivant.

	Épée 1	Épée 2	Épée 3
Masse volumique	ρ = ...	ρ = ...	ρ = ...

L'épée qu'il doit choisir est l'épée n° ....

Indice

La masse volumique d'un corps, notée ρ, correspond à la masse d'un centimètre cube de ce corps. On la calcule grâce à la formule : ρ = m/V.

Check ! 6 questions pour vérifier que tu as retenu l'essentiel.

1 Coche les trois adjectifs dans la liste suivante.

☐ jolie ☐ pâtisserie ☐ beaucoup ☐ aimable
☐ aimer ☐ lisible ☐ lecteur

2 Accorde les adjectifs.

Connu..... dans le monde entier....., la ville de Paris est une des plus belle..... villes d'Europe. Elle est traversée par la Seine et plusieurs petit..... canaux.

3 Calcule en respectant les priorités des opérations.

$A = 59 - 26 + 4 - 17 + 8 =$ ....

$B = 36 \div 3 \times 5 \div 10 =$ ....

$C = 132 - 11 \times 10 + 7 =$ ....

$D = 87 \times [(92 - 2 \times 6) - (8 \times 9 + 8)] =$ ....

4 Coche la phrase équivalente.

a) Alexis has got a younger brother.

☐ Her brother is younger. ☐ His brother is younger. ☐ Our brother is younger.

b) His parents have got a grey car.

☐ Their car is grey. ☐ His car is grey. ☐ Its car is grey.

5 Qui est l'empereur des Francs en l'an 800 ?

☐ Charles Quint ☐ Charlemagne ☐ Napoléon

6 Relie chaque mot à sa définition.

Masse •	• C'est la masse d'un centimètre cube d'une substance, elle s'exprime en grammes par centimètre cube.
Volume •	• C'est la quantité de matière d'un corps, elle s'exprime en kilogrammes.
Masse volumique •	• C'est la place qu'un corps occupe dans l'espace, il s'exprime en mètres cubes.

CORRIGÉS p. 92

Enquête en ligne

> Le château de Guédelon

Situé dans le nord de la Bourgogne, Guédelon est un château fort en cours de construction, en plein XXIe siècle avec les techniques du Moyen Âge. Ne manque pas de le visiter si tu en as l'occasion !

Mais déjà, sur le site **http://www.guedelon.fr/**, retrouve sous le règne de quel roi ce château aurait pu être érigé.

ph © AUFORT Jérome / stock.adobe.com

Réponse : sous le règne de Philippe-Auguste.

Épisode 2

Zapping...

La baleine, en voie de disparition ?

Les baleines sont les reines des océans. Mais des reines en danger. Il ne reste aujourd'hui que 5 000 baleines bleues, contre environ 240 000 en 1930. Heureusement, la chasse commerciale à la baleine est interdite depuis 1986, ce qui a permis de sauver certaines espèces comme les rorquals communs ou les baleines à bosse. Mais les dauphins ou les baleines grises meurent souvent étouffés dans les immenses filets des pêcheurs. Ces animaux souffrent aussi du réchauffement climatique et de la pollution des océans.

Autre danger mortel : au Japon, en Norvège ou en Islande, la chasse reste autorisée sous certaines conditions.

Baleine prise dans un filet. (ph © D.Romeo / VWPics / Alamy Stock Photo)

Construire un récit

Perdu en mer

Pi est un jeune garçon qui, à la suite d'un naufrage, se retrouve sur un canot de sauvetage. Très vite, sa préoccupation essentielle est de trouver de l'eau douce.

La soif me fit aller de l'avant. Il me fallait de l'eau.

Sur ce bateau de sauvetage, ce nectar de la vie était servi dans des canettes de couleur or pâle qui tenaient facilement dans la main. J'allais d'un instant à l'autre être libéré de ma soif infernale. Je n'avais plus qu'à ouvrir la canette. Oui, mais comment le faire ?

Si j'avais une canette, est-ce que je n'avais pas un ouvre-boîte aussi ? Je regardai dans le casier. Je fouillai un peu. Je perdais patience. Je n'arrivais pas à trouver l'ustensile nécessaire. Mais je n'avais pas de temps à gaspiller en détresse inutile. Il fallait agir. Est-ce que je pouvais l'ouvrir avec mes ongles ? J'essayai. Je ne pouvais pas. Avec mes dents ? Ça ne valait pas la peine d'essayer.

Je regardai par-dessus le plat-bord. Les crochets de la toile ! En tenant la canette des deux mains, je frappai violemment le dessus contre un crochet. Une bonne bosse. Je refis le geste. De coup en coup, j'arrivai à faire un trou. Une perle d'eau apparut. Je la léchai. Je tournai la canette et je cognai l'autre côté contre le crochet pour faire un autre trou. Je m'assis sur le plat-bord. Je levai la canette jusqu'à mon visage. J'ouvris la bouche. Je penchai la canette. Dans le gargouillis rythmé de ma gorge assoiffée, une eau pure, délicieuse, superbe, cristalline afflua dans mon système. C'était la vie faite liquide.

▪ **Yann Martel, *L'Histoire de Pi*, traduit par Nicole et Émile Martel, 2001 © Éditions Gallimard.**

1 **Lis le récit, puis réponds aux questions.**

a) À quelle personne est rédigé le récit ? ....

b) Où se situe l'action ? ....

c) Quel est le temps de base du récit ?

☐ présent ☐ passé composé ☐ passé simple

Petite info

Dans un récit, le temps de base est celui qui sert à rapporter les actions principales.

Mini-Cours

Voici les règles de base pour construire un récit clair et progressif :

1. Fournir, au début du récit, les informations essentielles (qui raconte ? où et quand se déroule l'histoire ?).
2. Respecter les cinq étapes du schéma narratif (voir l'exercice 3).
3. Garder le même temps de base tout au long du texte (présent, passé composé ou passé simple).
4. Rédiger son texte en formant des paragraphes.

2 Le narrateur a pensé à quatre façons d'ouvrir la canette.
Retrouve dans quel ordre en les numérotant de 1 à 4.

..... ses dents ..... des crochets

..... un ouvre-boîte ..... ses ongles

3 **Complète les phrases, puis relie à chacune l'étape du schéma narratif correspondante.**

a) Le narrateur a .... •	• péripétie
b) Il trouve une .... • mais ne sait pas comment l'.........................	• situation finale
c) Il cherche un ouvre-boîte sans succès. • Il essaye donc avec ses	• situation initiale
d) Il réussit à faire un trou grâce • aux .... de la toile.	• élément de résolution
e) Il .... sa soif. •	• élément perturbateur

CORRIGÉS p. 86

Former des mots

Mini-Cours

- Le radical d'un mot porte son sens principal. Les mots d'une même famille présentent le même radical.
Ex. : *jet, jeter, rejeter, jetable, rejeton*...
- Le radical peut être précédé d'un préfixe qui modifie le sens du mot. Ainsi *rejeter*, formé sur *jeter* à l'aide du préfixe *re-*, signifie « jeter à nouveau, repousser ».
- Le radical peut être suivi d'un suffixe qui modifie la nature du mot. Ainsi, sur le nom *jet*, on forme l'adjectif *jetable* à l'aide du suffixe *-able*.

1 **Barre l'intrus dans chacune des séries de mots.**

a) maritime – marin – marital – mer – amerrir

b) poisson – poissonnier – empoisonneur – poissonneux

c) aliment – infatigablement – immensément – goulûment

Attention

Dans la dernière série, tous les mots sont-ils construits avec le même suffixe ?

2 **a) Dans l'extrait ci-dessous, souligne deux adverbes formés avec le suffixe *-ment*.**

Ondulant paresseusement dans l'entre-deux des lames, et de temps à autre lançant tranquillement son jet vaporeux, le cachalot semblait un gros bourgeois fumant sa pipe par un chaud après-midi.

■ Herman Melville, *Moby Dick*, traduit par Jean Giono, Lucien Jacques et Joan Smith, © Éditions Gallimard, 1941.

b) Repère l'adjectif *vaporeux*, explique sa formation et déduis-en son sens.

L'adjectif *vaporeux* est formé sur le radical .... à l'aide du .... Il signifie « ....

.... ».

3 **Dans chaque mot, encadre le radical et fais apparaître le préfixe et/ou le suffixe, selon la composition du mot.**

Ex. : *ir[respir]able (préfixe ir- + radical -respir- + suffixe -able)*

a) océanique **c)** essoufflement **e)** nageoire

b) inattaquable **d)** accoster **f)** ensablement

4 **Complète chaque ligne du tableau avec des mots de la même famille.**

Nom	Adjectif	Adverbe	Verbe
largeur	large	largement	élargir
....	chaud	....	....
lenteur	....	....	....
....	....	courageusement	....
....	....	....	approfondir

CORRIGÉS p. 86

Produire et utiliser une expression littérale

Mini-Cours

- Une expression littérale est une expression mathématique qui contient des lettres. Par exemple, pour donner la formule générale du périmètre P d'un carré, on appelle a la longueur de son côté et on écrit $P = 4 \times a$.
- $4 \times a$ est une expression littérale qui exprime le périmètre du carré « en fonction de a ».
- Pour simplifier les écritures littérales il est utile de connaître les conventions suivantes :

$1 \times a = a$	$3 \times a = 3a$	$a \times b = ab$	$a \times a = a^2$	$a \times a \times a = a^3$

1 **Écris les expressions littérales correspondant aux phrases ci-dessous.**

Le double de n :	Le triple de n :	Le carré de n : ....
La moitié de n :	Le quart de n :	Le produit de 25 par n : ....
Le nombre entier précédant n :	Le nombre entier suivant n :	Le quotient de la somme de n et 7 par 12 : ....

2 **Simplifie les expressions suivantes quand c'est possible.**

a) $3 \times a =$ .... **b)** $3 + 4 \times a =$ .... **c)** $x \times x =$ .... **d)** $8 \times a - 5 \times x =$ ....

3 Joanna confectionne une parure de 3 bijoux en perles de bois. Le bracelet contient 4 fois plus de perles que la bague et le collier nécessite 75 perles de plus que le bracelet.

a) Sachant qu'il faut *n* perles pour une bague, exprime en fonction de *n* le nombre de perles :

– dans le bracelet : ....

– dans le collier : ....

– dans la parure : ....

b) Calcule le nombre total de perles nécessaires s'il en faut 12 pour la bague.

....

....

Indice

Quand on remplace les lettres par des valeurs numériques, il faut rétablir le signe × là où il a été sous-entendu.

4 Grâce à l'utilisation d'ondes sonores, le sonar permet de détecter la présence d'obstacles ou d'objets sous-marins.
Une des pièces d'un sonar a la forme d'une boule percée d'un cylindre.
Le volume du solide ne dépend que de la hauteur H du cylindre et est obtenu avec la formule : $V = \frac{\pi}{6} H^3$.

Calcule le volume d'une pièce de 7 cm de haut. Arrondis à l'unité près.

....

....

CORRIGÉS p. 86

Utiliser la somme des angles d'un triangle

1 Lors des compétitions olympiques de voile, le parcours s'effectue autour de trois bouées.

a) Trace le triangle ayant pour sommets les centres des bouées 1, 2 et 3.

b) Mesure chacun des angles de ce triangle.

L'angle 1 mesure ....

L'angle 2 mesure ....

L'angle 3 mesure ....

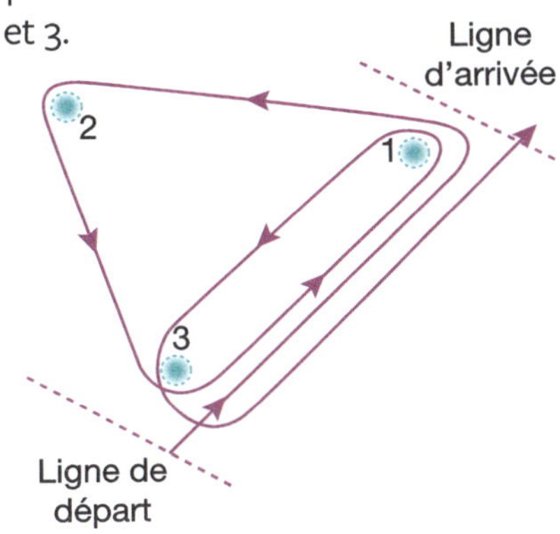

c) Calcule la somme *S* des mesures des angles de ce triangle.

S = ...

Le résultat te semble-t-il normal ? Pourquoi ?

....

....

Mini-Cours

- La somme des angles d'un triangle est égale à 180°.

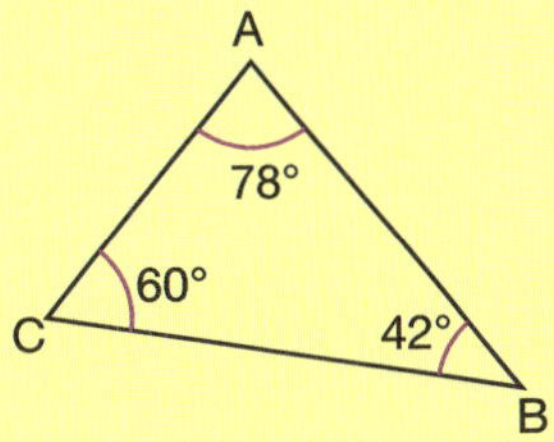

$78° + 60° + 42° = 180°$

- Si un triangle a deux angles égaux, alors il est isocèle.

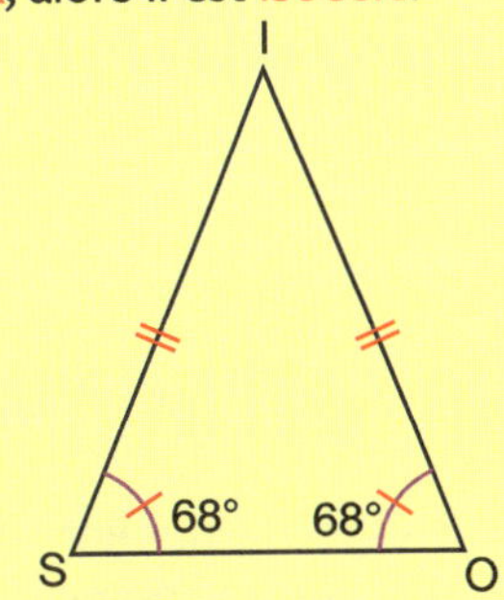

- Si un triangle a tous ses angles égaux à 60°, alors il est équilatéral.

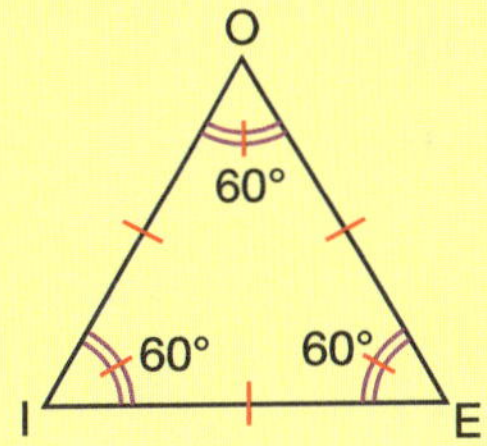

2 Thomas doit construire un triangle ABC et mesurer chacun de ses trois angles. Mais, alors qu'il a mesuré les angles $\widehat{ACB}$ et $\widehat{ABC}$, sa petite sœur fait une grosse tache sur le sommet A…
Sans utiliser ton rapporteur, aide-le à trouver la mesure de l'angle $\widehat{BAC}$, sachant que $\widehat{ABC} = 72°$ et $\widehat{ACB} = 49°$.

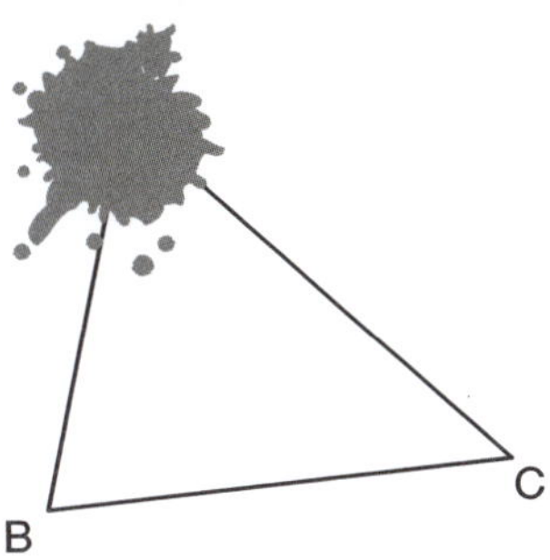

....

....

3 Dans la figure ci-contre, [AO) est la bissectrice de $\widehat{CAB}$, [BO) est la bissectrice de $\widehat{ABC}$, $\widehat{CAB} = 48°$ et $\widehat{OBC} = 38°$.

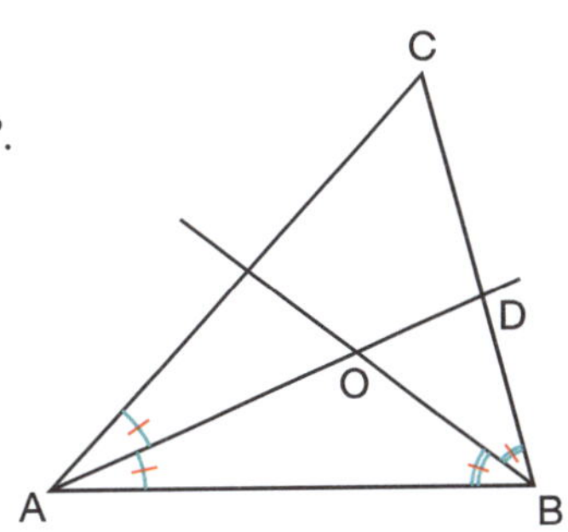

a) Calcule $\widehat{OAB}$.

....

....

b) Combien mesure $\widehat{OBA}$?

....

c) Calcule $\widehat{AOB}$.

....

CORRIGÉS p. 86

Situer et décrire des lieux

Where to buy stamps

ALEXIS – I need to buy stamps. Is there a post office near here?

ANNA – Yes, there is one in High Street, opposite the supermarket. But you can also go to the newsagent next to the baker. It's only two minutes away.

QUINTON – Come on, Anna! There was a newsagent there... but it closed down last week. It's now a pharmacy. There is another newsagent behind the supermarket.

ANNA – You know what? There are stamps on Mum's desk, I think. You can take them!

ALEXIS – Are you sure?

(To be continued, p. 21)

- *a stamp:* un timbre
- *near here:* près d'ici
- *a newsagent:* un marchand de journaux
- *a baker:* un boulanger
- *to close down:* fermer (définitivement)

Mini-Cours

◉ Pour décrire des lieux et dire ce qui s'y trouve, on utilise *there + be* (conjugué).

Au présent :
– *there is* + groupe nominal singulier (*there is a post office*) ;
– *there are* + groupe nominal pluriel (*there are four pubs*).
Dans les deux cas, on traduit par « il y a » en français.

◉ Les prépositions de lieu

1 **Complète avec *there is / are* ou *there was / were*.**

a) When Yolonda was a little girl, ... beautiful clothes shops in High Street. Now, ... a supermarket.

b) In the past, ... a restaurant next to the park.

c) Nowadays, ... only one newsagent in the street, but .... three pubs!

Petite info
- *in the past:* autrefois
- *now:* maintenant
- *nowadays:* de nos jours

2 Voici le plan du quartier où vit Anna.
Lis les renseignements ci-contre et indique de quel bâtiment il s'agit.

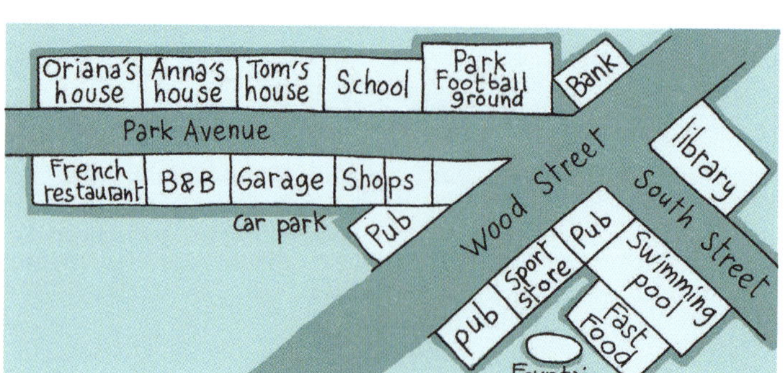

a) It's in Wood Street, between two pubs: ....

b) It's opposite the garage: ....

c) It's behind the garage: ....

d) It's next to the French restaurant: ....

e) It's in front of a fast food and behind a pub: ....

f) It's opposite a B & B: ....

CORRIGÉS p. 86

Faire des comparaisons

Phœnix Park

ALEXIS – This is a huge park!

ANNA – It is, isn't it? Phœnix Park is the largest municipal park in Europe.

ALEXIS – Is it larger than Hyde Park in London?

ANNA – Yes, it is. It's also larger than Central Park in New York. And it is more peaceful and wilder too. Look at these deer over there!

ALEXIS – Wow! I can't believe it! Deer in a city! What is that place over there?

ANNA – It's the zoo, the biggest zoo in Ireland and one of the most popular attractions in Dublin.

ALEXIS – Let's go and visit it!

(To be continued, p. 30)

- *huge: immense*
- *peaceful:* calme, paisible
- *wild:* sauvage
- *a deer (inv.):* un cerf, une biche
- *I can't believe it!:* Je n'y crois pas !

1 Lis le dialogue puis coche toutes les bonnes propositions.

a) Phœnix Park is:

☐ small ☐ large ☐ noisy

☐ calm ☐ in Dublin ☐ in London

☐ bigger than Hyde Park

☐ smaller than Hyde Park

b) In Phœnix Park, you can see:

☐ no animal ☐ wild animals

Mini-Cours

Pour former un comparatif de supériorité (*plus… que*) ou un superlatif de supériorité (*le / la / les plus…*), on doit d'abord observer l'adjectif de base.

	Adjectif court	Adjectif long
Comparatif	adjectif *-er* + *than* *Ex. : A giraffe is taller than a zebra.*	*more* + adjectif + *than* *Ex. : Bears are more aggressive than pandas.*
Superlatif	*the* + adjectif *-est* *Ex. : The giraffe is the tallest animal in the zoo.*	*the most* + adjective *Ex. : Bears are the most aggressive animals I know.*

2 Complète les phrases en utilisant l'adjectif au comparatif de supériorité.

London is much .... (populated) than Dublin but the population in Dublin is .... (young). It rains a lot in Dublin and London… but it is usually .... (wet) in Dublin. So, it is a bit .... (sunny) and ....(hot) in London. Surprising, isn't it?

3 Trouve dans la grille les comparatifs et les superlatifs de supériorité des adjectifs ci-dessous. Avec les lettres restantes, tu pourras compléter la dernière phrase.

- Comparatifs de **good, rainy, pretty, tall, shy, far, hot, late.**
- Superlatifs (sans « the ») de **good, nice, short, wild, late, well.**

k	i	p	b	e	t	t	e	r	t
f	t	r	r	b	e	s	t	a	s
a	s	e	e	s	n	e	s	i	e
r	e	t	t	o	h	c	e	n	t
t	d	t	a	d	e	i	b	i	r
h	l	i	l	s	t	n	e	e	o
e	i	e	t	a	l	l	e	r	h
r	w	r	l	a	t	e	s	t	s

Anna is the _ _ _ _ _ _ _ girl in the world.

Indice

Il existe des comparatifs et superlatifs irréguliers :
- *good / well → better / the best ;*
- *bad → worse / the worst ;*
- *far → farther / the farthest.*

CORRIGÉS p. 87

Croissance démographique et inégal développement dans le monde

Mini-Cours

- L'Afrique, comme l'Asie du Sud, connaît une forte croissance démographique. La natalité est forte et les jeunes nombreux. La scolarisation et la formation de cette jeunesse sont un véritable défi pour les États.
- L'Europe mais aussi l'Amérique du Nord et l'Asie de l'Est ont une croissance démographique très ralentie : leur population vieillit. Tout en continuant à consacrer des ressources importantes à la formation des jeunes, les États doivent assurer le financement des retraites et des dépenses de santé.

Données statistiques sur le Mali et la Finlande

	Mali (Afrique)	Finlande (Europe)
Taux de fécondité	6,9	1,9
% des moins de 18 ans dans la population	54	20
Taux net de scolarisation primaire	Garçons : 71 % Filles : 62 %	Garçons : 97,9 % Filles : 98 %
Taux net de scolarisation secondaire	Garçons : 35,9 % Filles : 25,2 %	Garçons : 93,1 % Filles : 93,7 %
Taux d'alphabétisation des 15-24 ans (% de jeunes sachant lire et écrire)	Garçons : 56 % Filles : 34 %	Garçons : 99 % Filles : 99 %
Espérance de vie à la naissance	54,6	80,4

Source : UNICEF, 2014.

1 **Réponds aux questions en t'appuyant sur le tableau ci-dessous.**
Lequel de ces deux pays a :

a) le plus fort pourcentage de jeunes ? ....

b) le plus fort taux de scolarisation ? ....

c) le plus gros écart de scolarisation entre garçons et filles ? ....

d) le plus fort taux d'alphabétisation ? ....

2 **Au Mali, l'écart de scolarisation entre filles et garçons est important. Entoure en bleu les causes pour lesquelles les filles sont moins scolarisées et en rouge les conséquences.**

a) Aider pour les travaux domestiques.
b) Être moins alphabétisées.
c) Avoir moins accès aux études supérieures.
d) Se marier très jeunes (vers 15 ans).

3 **Coche, parmi les propositions, celles qui te semblent justes.**
En Finlande, l'espérance de vie élevée :

a) explique le nombre élevé de personnes âgées dans la population. ☐
b) signifie que les habitants bénéficient d'un bon accès aux soins. ☐
c) garantit à tout le monde de vivre longtemps. ☐
d) entraîne des dépenses de santé importantes. ☐

CORRIGÉS p. 87

L'action de l'être humain sur son environnement géologique

SVT

1 Autrefois, routes et rues étaient constituées de pavés maintenus entre eux par de la terre ou du sable. Aujourd'hui, les routes et trottoirs sont couverts d'un revêtement lisse et imperméable (l'asphalte).

a) À ton avis, pourquoi a-t-on remplacé les pavés par ce revêtement ?

....

....

....

b) Quelle est la conséquence de l'asphalte sur l'écoulement des eaux en cas de fortes pluies ?

....

....

....

Mini-Cours

- Les crues de certaines rivières entraînent parfois des inondations qui envahissent les habitations, détruisent de nombreuses installations.
- Ces crues peuvent avoir une cause naturelle, imprévisible. Elles peuvent aussi résulter de travaux entrepris par les populations.
- Responsable de son environnement géologique, l'humanité est capable de prévenir certains risques, mais peut aussi, pour son bien-être à court terme, causer des modifications du paysage lourdes de conséquences.

2 Un aléa est un phénomène naturel imprévisible. Heureusement, il existe des dispositifs destinés à limiter les dégâts et à protéger les populations.

À l'aide du dessin, relie par un trait chaque aléa à une ou plusieurs parade(s) possible(s).

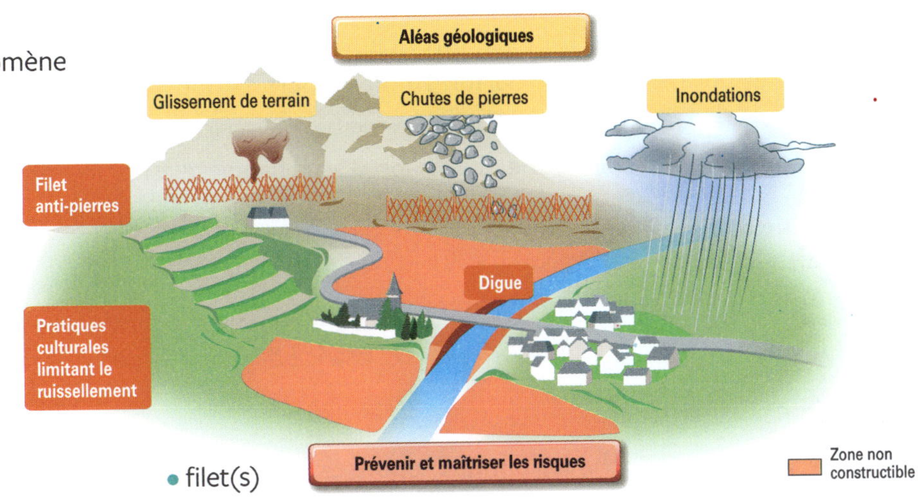

Aléa		Parade
		• filet(s)
chute de pierres •		• digue(s)
inondation •		• fossé(s)
glissement de terrain •		• zones non constructibles
		• plantation de saules, arbres gros consommateurs d'eau

3 **À l'aide des informations du texte, complète le tableau.**

Le 24 août 2016, à 3 h 36, un séisme de forte intensité a ébranlé pendant deux minutes et demie la région du Tronto, en Italie centrale. Ce séisme est dû à un mouvement d'étirement de la chaîne montagneuse des Apennins. Le bilan du 16 septembre porte le nombre des victimes à 297 morts, 388 blessés et plus de 2 500 sans-abri. Plus de 10 villages ont été endommagés. Pescara del Tronto est entièrement détruit.

Date du séisme	....
Lieu	....
Nombre total de personnes affectées	Environ ....
Dommages matériels	....

CORRIGÉS p. 87

Check ! 6 questions pour vérifier que tu as retenu l'essentiel.

1 **Lequel de ces noms ne contient pas de préfixe ?**

☐ prénom ☐ pression ☐ préfixe ☐ préjugé

2 **Les formules ci-dessous permettent de calculer le « poids de forme » noté P (en kg) d'une personne adulte à partir de sa taille (en cm) :**

Pour un homme : $P = \text{taille} - 100 - \frac{\text{taille} - 150}{4}$; pour une femme : $P = \text{taille} - 100 - \frac{\text{taille} - 150}{2}$

Avec ta calculatrice, détermine le poids de forme P des personnes suivantes (en kg) :

Frédéric (1,85 m) .... Aminata (1,55 m) .... Karim (1,70 m) .... Lucie (1,72 m) ....

3 Dans cette figure, AE = AC = AB = BC. [EG] est la bissectrice de $\widehat{AEC}$, $\widehat{AEC} = 54°$ et (FC) ⊥ (AE).

En étudiant la figure et sans utiliser ton rapporteur, complète les égalités ci-dessous à l'aide des mesures suivantes : 60°, 72°, 102°, 18°, 54°, 27°.

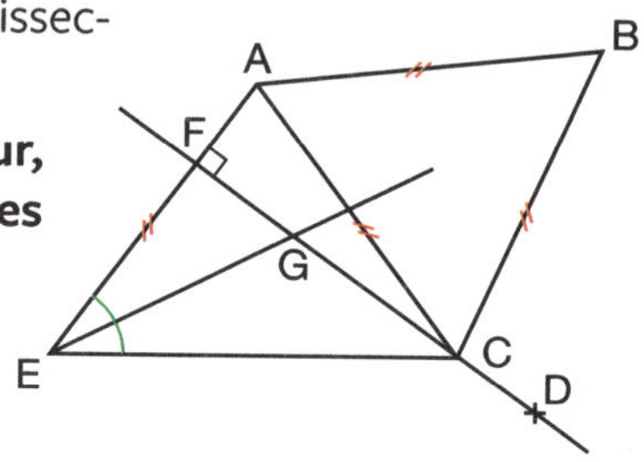

$\widehat{ACE}$ = ... $\widehat{EAC}$ = ... $\widehat{ACB}$ = ...

$\widehat{ACF}$ = ... $\widehat{GEC}$ = ... $\widehat{BCD}$ = ...

4 **Coche la réponse correcte.**

a) A tiger is ☐ much as fast ☐ faster ☐ the fastest than a sloth.

b) Parrots are ☐ most colourful ☐ more colourful ☐ the most colourful animals I know.

c) Whales are ☐ more big ☐ bigger ☐ the biggest than dolphins.

d) Alexis is ☐ happier ☐ the most happy ☐ the happiest visitor in the zoo.

5 **Relie comme il convient.**

Afrique •	• forte croissance démographique
Europe •	• croissance démographique très ralentie
Asie de l'Est •	
Asie du Sud •	
Amérique du Nord •	

6 **Vrai ou faux ? Coche les bonnes réponses.**

	Vrai	Faux
a) Les activités humaines détruisent toujours l'environnement.	☐	☐
b) L'Homme peut dominer tous les phénomènes géologiques.	☐	☐
c) La plantation d'arbres aide à limiter la crue des rivières.	☐	☐
d) Les fossés longeant les champs évitent les inondations.	☐	☐

CORRIGÉS p. 92

À plusieurs

> Ne me dis pas ce que tu dessines

Matériel : du papier, des crayons, éventuellement des feutres.

1. Un joueur, désigné comme meneur, dessine un animal de manière soignée, en prenant son temps.
2. Les autres joueurs doivent deviner de quoi il s'agit avant que le meneur n'ait fini son dessin.
3. Dès qu'un joueur a trouvé, c'est à lui de prendre le crayon.

Épisode 3

Zapping...

Des cyclistes toujours plus rapides

Lors du Tour de France 2022, le Danois Jonas Vingegaard a couru 3 350 kilomètres en 79 heures, 33 minutes et 14 secondes. Soit une vitesse moyenne de près de 42 km/h ! La même année, la Néerlandaise Annemiek van Vleuten a atteint les 38 km/h lors du Tour de France Femmes. En comparaison, Maurice Garin a gagné le premier Tour de France en 1903 avec 25 km/h de moyenne...

L'amélioration du matériel a permis d'augmenter les performances. Loin des bicyclettes en acier (20 kilos !) des années 1900, les vélos de compétition actuels sont très légers : 7 kilos. Cependant, des soupçons de dopage pèsent aussi sur les coureurs.

Une étape du Tour de France Femmes, 2022. (ph © Samo Trebizan / stock.adobe.com)

Français

Reconnaître un complément d'objet

Sur la route du Tour

Souvent, nous partions voir le Tour de France. L'idée de mon père était de ramasser quelques cousins, quelques copains, quelques copines, et de constituer un *gruppetto* pour aller rendre hommage aux coureurs en haut des cols des Alpes. [...] Il y a de jolis plaisirs à monter les cols le matin avant les coureurs. La route est fermée aux voitures et monter un col dans ces conditions est un cadeau.

Si vous aimez la solitude, prenez le côté que les coureurs descendront et montez. Un été, avec Rémy, nous avons, de cette façon, enchaîné Izoard, Vars et Allos à contresens des coureurs, et ces trois montées restent dans mon souvenir comme un moment radieux.

■ **Paul Fournel, *Besoin de vélo*, © Éditions du Seuil, 2001, Points, 2002.**

Mini-Cours

- **Un verbe est souvent complété par un complément qui précise son sens et ne peut être supprimé. On l'appelle complément d'objet (CO).**
- **Un complément d'objet direct (COD) est relié directement au verbe.**
  Ex. : ***Dès sa première édition, en 1903, le Tour de France connaît un franc succès.***
- **Un complément d'objet indirect (COI) est construit à l'aide d'une préposition (*à*, *de*).**
  Ex. : ***Il plaît à de nombreux spectateurs chaque année.***

1 Parmi les cinq compléments d'objet soulignés dans le texte ci-dessus se trouve un intrus. **Recopie-le et explique sa particularité.**

....

....

....

2 **a) Complète le texte avec les compléments d'objet proposés.**

un casque – des barrières – les coureurs – la foule – les cols des Alpes – l'arrivée

Pour protéger .... du Tour de France, les routes sont interdites à la circulation automobile le jour de la course. Les organisateurs installent .... pour contenir.................................. dans les kilomètres précédant .... Enfin, les coureurs doivent porter .... en permanence. Les plus rapides descendent en effet .... à 120 km/h.

b) De quel type de CO s'agit-il ? ☐ COD ☐ COI

3 Le groupe de mots en couleur est-il un COD ou un COI ? **Entoure la bonne réponse. Les chiffres sélectionnés t'indiqueront l'année où Bernard Hinault a remporté pour la cinquième fois le Tour de France.**

a) Bon nombre de cyclistes du Tour redoutent les étapes de montagne. [1] COD [2] COI

b) Le coureur avec le meilleur temps total porte le maillot jaune. [9] COD [0] COI

c) Au début des années 1980, le Tour cherche à élargir son audience. [7] COD [8] COI

d) L'organisation du Tour veut dédier une compétition aux coureuses. [4] COD [5] COI

CORRIGÉS p. 87

Former la voix passive

Mini-Cours

- À la voix active, le sujet accomplit l'action.
Ex. : *Le peloton* (sujet) *rattrape* (verbe actif) *les quelques coureurs échappés* (COD).

- À la voix passive, le sujet subit l'action. Le verbe est construit avec l'auxiliaire *être*.
Ex. : *Les quelques coureurs échappés* (sujet) *sont rattrapés* (verbe passif) *par le peloton* (complément d'agent).

1 Phrase active ou phrase passive ?
Coche la bonne réponse.

	Phrase active	Phrase passive
a) Depuis quelques années, les cyclistes ont accéléré la cadence et offert des performances inédites.	☐	☐
b) Une vitesse moyenne de 40 km/h avait été enregistrée sur le Tour par les organisateurs.	☐	☐
c) Un contrôle sanguin est désormais réclamé à chaque étape pour enrayer le dopage.	☐	☐

2 **Dans le texte, encadre les verbes au passif puis souligne les compléments d'agent quand ils existent.**

Lance Armstrong, détenteur du record de victoires avec sept succès au Tour de France, de 1999 à 2005, naît au Texas, États-Unis, en 1971. À l'âge de 16 ans, il est passionné par le triathlon qu'il pratique à un haut niveau. À la suite d'un cancer qui a été diagnostiqué en 1996, le sportif américain doit être lourdement traité pour que la maladie soit vaincue. Des bracelets jaunes « Livestrong » sont vendus afin de récolter des fonds pour la recherche médicale. En 2012, Armstrong est déclassé par l'Agence américaine antidopage qui le radie à vie de toute compétition cycliste.

Petite info

Le complément d'agent est introduit le plus souvent par la préposition « par ». Il devient le sujet dans la phrase tournée à l'actif.

3 **Transforme les phrases suivantes à la voix active.**

a) Les cyclistes sont filmés en permanence par des caméras aériennes à bord des hélicoptères.

→ Des caméras aériennes à bord des hélicoptères ....

....

b) Les passages des coureurs dans les communes ont été largement applaudis par le public.

→ .... les passages des coureurs dans les communes.

CORRIGÉS p. 87

Maths

Utiliser des écritures fractionnaires

Mini-Cours

- L'écriture $\frac{a}{b}$ est appelée une fraction si a et b sont entiers, sinon c'est une écriture fractionnaire : $\frac{a}{b} = a \div b$.
- Propriété fondamentale : pour $k \neq 0$ et $b \neq 0$, on a l'égalité : $\frac{a}{b} = \frac{a \times k}{b \times k}$
- Prendre la fraction $\frac{a}{b}$ d'une grandeur c revient à calculer le produit : $\frac{a}{b} \times c$

1 **a) Colorie** en bleu le tiers du rectangle et en rouge les $\frac{4}{15}$ du rectangle (sans superposer les couleurs).

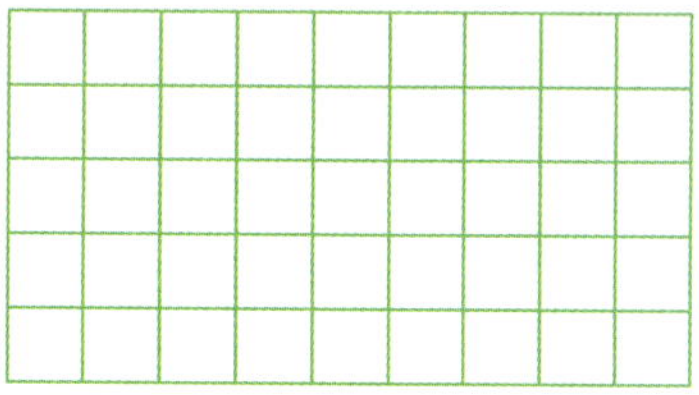

b) Écris la fraction de la partie non coloriée : $\frac{\dots\dots}{\dots\dots}$

Simplifie-la : $\frac{\dots\dots}{\dots\dots}$

c) On suppose que l'aire du rectangle est de 765 cm². **Calcule l'aire coloriée en rouge.**

....

d) Place le point M sur le segment [AB] tel que $AM = \frac{2}{5}AB$.

2 **Calcule « à la main » ou à la calculatrice, puis écris tes réponses dans le tableau.**

	Durée 1	Durée 2	Durée 3
en fraction d'heures	$\frac{17}{10}$ h		
en heures et minutes		3 h 24 min	
en heures décimales			1,15 h

Indice

- $\frac{7}{5}$ h = $\frac{7}{5}$ × 60 min = 84 min. = 1 h 24 min.
- $\frac{7}{5}$ h = (7÷5) h = 1,4 h.
- 0,9 h = 0,9 × 60 min. = 54 min.

3 Ce tableau montre les participations au Tour de France en 1950 et 1985.

	1950	1985
Nombre de participants	116	180
Nombre d'arrivants	52	144

a) Complète la phrase suivante.

En 1950, le nombre d'arrivants représente les $\frac{\dots\dots}{\dots\dots}$ du nombre de participants.

Écris la fraction sous la forme d'une fraction de numérateur 13.

....

b) Complète la phrase suivante.

En 1985, le nombre d'arrivants représente les $\frac{\dots\dots}{\dots\dots}$ du nombre de participants.

Écris la fraction sous la forme d'une fraction de dénominateur 5, puis d'un pourcentage, c'est-à-dire d'une fraction de dénominateur 100.

....

CORRIGÉS p. 87

Écrire un programme

Mini-Cours

Pour programmer en 5ᵉ, on peut utiliser :

- Scratch, qui permet d'utiliser un langage simplifié pour créer des figures et des jeux. La programmation se fait en assemblant quelques-uns des blocs proposés, chacun de ces blocs correspondant à une instruction précise.
- Un tableur, qui permet d'effectuer un calcul pour de nombreuses valeurs grâce à la saisie d'un algorithme.

1 **Indique, à côté de chaque figure, le numéro de programme auquel elle correspond.**

1
```
quand [drapeau] est cliqué
stylo en position d'écriture
répéter 6 fois
    avancer de 50
    tourner ↻ de 60 degrés
```

2
```
quand [drapeau] est cliqué
stylo en position d'écriture
répéter 3 fois
    avancer de 50
    tourner ↺ de 120 degrés
```

3
```
quand [drapeau] est cliqué
stylo en position d'écriture
répéter 4 fois
    avancer de 50
    tourner ↻ de 270 degrés
    avancer de 50
    tourner ↻ de 90 degrés
    avancer de 50
    tourner ↻ de 90 degrés
```

4
```
quand [drapeau] est cliqué
stylo en position d'écriture
répéter 6 fois
    avancer de 50
    tourner ↻ de 72 degrés
```

5
```
quand [drapeau] est cliqué
stylo en position d'écriture
répéter 4 fois
    avancer de 50
    tourner ↻ de 90 degrés
```

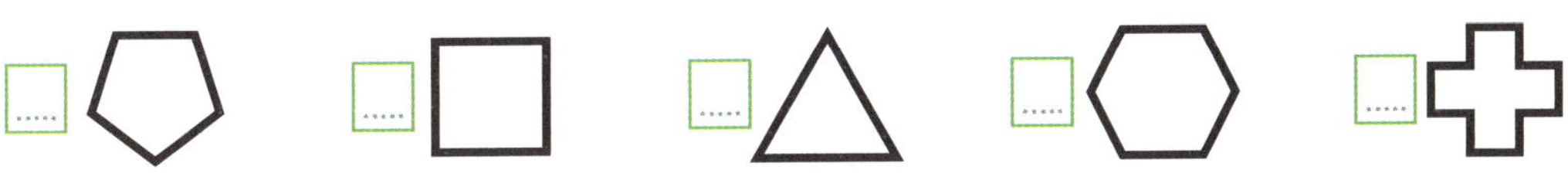

2 Un commerçant décide de faire un rabais de 20 % sur tous ses prix. Il prépare dans son tableur une liste faisant apparaître les anciens prix, le rabais et le nouveau prix.

	A	B	C
1	Ancien prix	Rabais	Nouveau prix
2	10	....	
3	....		
4			
5			

a) Quelle formule le commerçant doit-il écrire dans la case B2 pour obtenir le calcul du rabais pour un prix de 10 euros et pouvoir l'étirer ensuite ? **Coche les deux bonnes réponses.**

☐ = 10*20/100 ☐ = A2*20 % ☐ A2*20 % ☐ = A2*20/100 ☐ = A2 + 20 %

b) **Quelle formule doit-il écrire** dans la case A3 pour que les prix augmentent de 5 en 5 ?

....

c) Le commerçant veut compléter la colonne A. Quelle(s) cellule(s) doit-il sélectionner pour étirer la formule de A3 avec le carré rouge ? **Coche la bonne réponse.** ☐ A2 ☐ A3 ☐ A2 et A3

d) **Quelle formule doit-il écrire** dans la case C2 pour obtenir le calcul du nouveau prix ?

....

e) Le commerçant veut compléter les colonnes B et C. **Quelle(s) cellule(s) doit-il sélectionner** pour étirer les formules des B2 et C2 avec le carré vert ?

....

CORRIGÉS **p. 88**

Parler de ses habitudes

Anna's favourite hobby

ANNA – Do you want to come with me to the dance club? I have a lesson at 3 p.m.

ALEXIS – Do you take dance lessons?

ANNA – Yes, I do. I take lessons in Irish step dancing.

ALEXIS – What is that?

ANNA – It's an Irish traditional dance. We stand very straight and do complicated steps. And I love it!

ALEXIS – Bizarre... How often do you take lessons?

ANNA – Usually twice a week during the school year and once during the holidays. Come and see!

(To be continued, p. 31)

- *a step:* un pas
- *to stand straight:* se tenir (debout) droit
- *once / twice a week:* une / deux fois par semaine
- *come and see!:* viens voir !

Mini-Cours

- Pour parler de ses goûts, de ses habitudes ou de ses activités, on utilise le présent simple. Sa conjugaison n'a que deux formes : *she dances, I/you/we/they dance*. Aux formes négative et interrogative, on utilise l'auxiliaire do (does à la 3e pers. du sg). Ex. : *She doesn't swim. They don't swim. Do you like sport?*
- Pour interroger sur la fréquence d'une activité, on utilise *How often?* Pour répondre, on utilise un adverbe de fréquence : *always* ●, *usually* ◕, *often* ◑, *sometimes* ◔, *never* ○.

1 Vrai (right) ou faux (wrong) ?

	right	wrong
a) Anna wants to go to the disco.	☐	☐
b) She takes dance lessons.	☐	☐
c) Irish step dancers sit when they dance.	☐	☐
d) Anna likes Irish step dancing very much.	☐	☐
e) She dances three times a week when she is on holiday.	☐	☐

2 Complète les phrases en conjuguant le verbe entre parenthèses au présent simple à la forme qui convient.

a) Anna and Quinton .... (enjoy) practising sport. They .... (not/like) doing nothing.

b) Quinton .... (practise) fencing. He .... (love) it!

c) He .... often .... (not/lose) a competition.

d) Which sport .... you .... (prefer)?

3 Décris les activités d'Alexis en complétant les phrases avec un adverbe de fréquence et les verbes suivants au présent simple : play – do – go

Petite info

L'adverbe de fréquence se place en général avant le verbe (et après l'auxiliaire) : I never play tennis. Do you often dance?

judo	swimming	football

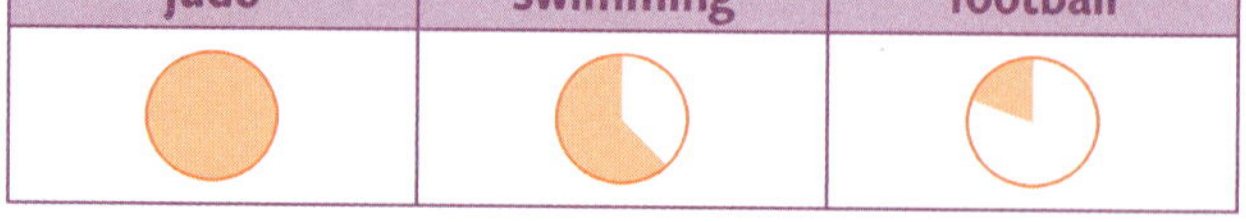

Alexis .... judo and he's very good at it.

He .... to the swimming pool and

he .... football.

CORRIGÉS p. 88

Permettre, obliger, interdire

Saint Patrick's cathedral

ALEXIS – Can we visit the cathedral now?

ANNA – Yes, we can. It's open until 6:30 p.m. but we must hurry.

QUINTON – No, there's no need to hurry! It's only 2 o'clock.

ANNA – I know, but visitors aren't allowed to get in 30 minutes before services. And the next service is at 3:15 p.m.

ALEXIS – Can I take photos in the cathedral?

ANNA – Yes, you can. Photography is forbidden only during services. Let's get in now!

QUINTON – Shush! We mustn't make too much noise!

(To be continued, p. 40)

- *until*: jusqu'à
- *there's no need (to+BV)*: ce n'est pas la peine (de + inf.)
- *to hurry*: se dépêcher
- *to be allowed / forbidden*: être autorisé / interdit
- *a service*: un office (une messe)
- *only*: seulement
- *too much noise*: trop de bruit

1 **Coche la valeur des phrases extraites du dialogue.**

	obligation	interdiction	permission
a) We must hurry.	☐	☐	☐
b) Visitors aren't allowed to get in.	☐	☐	☐
c) Can I take photos?	☐	☐	☐
d) Photography is forbidden.	☐	☐	☐
e) We mustn't make too much noise.	☐	☐	☐

Mini-Cours

Can et *must* sont des auxiliaires modaux. Ils ont la même forme à toutes les personnes et sont suivis de la base verbale.

- Comme « pouvoir » en français, *can* peut exprimer ce qu'il est possible ou permis de faire.
Ex. : *Can I take a photo? No, you can't.*
- Pour parler de ce qui est obligatoire ou nécessaire, on peut utiliser l'auxiliaire *must*.
Ex. : *You must be silent, you mustn't talk here!*

2 **Complète les phrases par can, must ou mustn't.**

a) On Sundays, you .... visit the cathedral from 9 a.m. to 6:30 p.m. but you .... be quiet. And you .... take photos during services, that's forbidden.

b) Visitors are welcome at all services but, they .... leave the cathedral during services if they don't want to attend them.

c) In the bookshop, you .... buy guidebooks and CDs about the cathedral.

3 **Observe le panneau que voit Alexis à l'entrée de la cathédrale, puis coche ce qu'il signifie (5 réponses possibles).**

In the cathedral:

- ☐ you can be quiet.
- ☐ you must be quiet.
- ☐ you must take photos during services.
- ☐ you mustn't take photos during services.
- ☐ you can take photos except during services.
- ☐ guide dogs are allowed.
- ☐ you must come in with a guide dog.
- ☐ you can't take your dog in.

CORRIGÉS **p. 88**

Histoire

La société féodale au Moyen Âge

Mini-Cours

- Au XIe siècle, les rois de France disposent d'un faible pouvoir. De grands propriétaires, les seigneurs, sont devenus les vrais maîtres des territoires qui entourent leur château.
- Le château seigneurial est une demeure fortifiée où le seigneur réside avec sa famille et parfois ses vassaux. Il sert aussi de refuge pour les paysans des alentours, qui sont soumis au seigneur en échange de sa protection.

1 Tu as sûrement déjà visité un château.

Quels points communs avait-il avec celui représenté sur le document ?

....

....

....

Reconstitution du château de Loches (XIe-XVe s., Indre-et-Loire)

2 Relis le texte p. 6 ! Et si Jeanne n'avait pas eu de bouton d'urgence pour sortir de la tour ?

En t'aidant du document, indique les obstacles que tu aurais dû franchir pour venir l'aider.

Le pont-levis a été relevé après le retour du seigneur, il te faut donc franchir le ....

Tu es au pied du haut mur d'enceinte : des archers te visent depuis de minces ouvertures appelées .... et lancent sur toi de grosses pierres par les espaces laissés entre deux merlons, les ....

Si tu réussis à franchir ce premier mur, un second voire un troisième t'attendent. Attention, ils sont équipés, comme le donjon, de ...., des constructions de bois qui font saillie pour permettre de lâcher des projectiles sur les imprudents qui passent en dessous.

Petite info

Aujourd'hui, à Guédelon (Bourgogne), une association de chercheurs construit un château fort avec les techniques médiévales.

3 **Complète le texte à l'aide des mots suivants : guerre – hygiène – confort – rudes**

Si les seigneurs sont bien les puissants du XIe siècle, leurs conditions de vie peuvent nous sembler aujourd'hui plutôt .... Les châteaux forts sont conçus pour la .... et manquent cruellement de .... Derrière des murs de pierre parfois larges de plusieurs mètres, il fait froid et sombre. Tous ceux qui y séjournent doivent cohabiter sans beaucoup d'intimité ni d' ....

CORRIGÉS p. 88

Activité de l'organisme et énergie

Mini-Cours

- Le fonctionnement des organes et le maintien de la température corporelle consomment de l'énergie.
- L'énergie est produite dans les cellules à partir des nutriments fournis par l'alimentation et du dioxygène apporté par la respiration.
- La consommation d'énergie par l'organisme varie en fonction du sexe, de l'âge, de la taille et de l'activité. Les apports alimentaires doivent donc être adaptés aux besoins de chacun. Des excès ou des manques prolongés peuvent occasionner des troubles graves.

1 C'est l'été ! Thibault, en vacances à la mer, en profite pour courir sur la plage et nager. Au bout de quelques jours, sa mère s'étonne de le voir constamment affamé.

À l'aide de tes connaissances, explique ce phénomène à la maman de Thibault.

....

....

....

2 **À l'aide du schéma, complète le texte ci-dessous.**

Dans l' ...., des .... transforment les .... et le .... en produisant de l'.. .

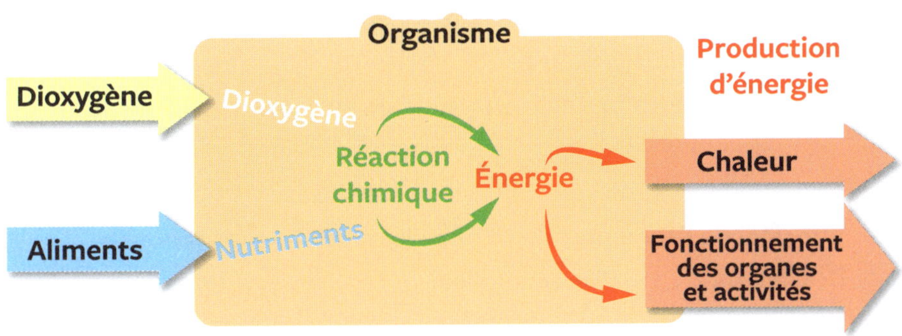

3 Anne aime paresser au lit le matin. Levée à la dernière minute, elle se lave et s'habille à la hâte avant de courir au collège. Vers 11 heures, c'est le coup de fatigue : incapable de fixer son attention, elle ne suit plus le cours, ne comprend plus rien... elle n'en peut plus !

Coche les raisons les plus probables de ce coup de fatigue.

- ☐ Anne manque de sommeil.
- ☐ N'ayant pas pris de petit déjeuner, Anne manque d'énergie.
- ☐ Le cours est vraiment trop difficile.
- ☐ Courir pour aller au collège est mauvais pour la santé.
- ☐ Un adolescent a besoin de trois à quatre repas par jour pour assurer sa croissance et son activité journalière.
- ☐ Paresser au lit rend nonchalant, sans tonus pour toute la journée.

Petite info

Nous n'avons pas tous besoin de la même quantité d'énergie !

CORRIGÉS p. 88

Check ! 6 questions pour vérifier que tu as retenu l'essentiel.

1 **Souligne les COD dans les phrases suivantes.**

J'ai acheté un billet pour visiter un musée où j'ai vu beaucoup de tableaux.
Je les ai admirés longtemps.

2 **Coche les phrases qui sont à la voix passive.**

- ☐ Les billets sont réservés depuis longtemps.
- ☐ Nous passerons par Paris.
- ☐ Nous sommes invités par ma tante quelques jours dans le Var.
- ☐ Les valises seront bientôt remplies de vêtements de plage.
- ☐ Mon oncle nous emmènera faire de la plongée sous-marine.

3 **Utilise des écritures fractionnaires.**

a) Simplifie la fraction : $\frac{21}{24} = \frac{\dots}{\dots}$

b) Écris la fraction égale à $\frac{21}{24}$ dont le numérateur est 28 : $\frac{\dots}{\dots}$

c) Écris la fraction égale à $\frac{21}{24}$ dont le dénominateur est 40 : $\frac{\dots}{\dots}$

d) On donne $\frac{21}{24} = 0{,}875$. Complète avec l'écriture décimale des nombres suivants :

$\frac{210}{2{,}4} = \dots$ $\frac{0{,}21}{24} = \dots$ $\frac{2\,100}{2\,400} = \dots$

4 **Coche l'auxiliaire qui convient.**

a) You ☐ can ☐ must ☐ mustn't ☐ needn't have a guided tour if you like.

b) But you ☐ can ☐ must ☐ mustn't ☐ needn't make noise in the cathedral.

5 **Quelle est le nom de la demeure fortifiée où réside un seigneur au XIIe siècle ?**

……………………………………………………………………………………

6 **Quel est le but principal de l'alimentation ? Coche la ou les bonnes réponses.**

☐ Faire pousser les cheveux. ☐ Se sentir bien. ☐ Fournir de l'énergie.

CORRIGÉS p. 92

ph © akg-images

Énigme

> L'ancêtre du vélo

Le premier vélo n'avait pas de pédales ! Mais comment s'appelait-il, et quand a-t-il été inventé ? Pour le savoir, déchiffre le message codé en suivant cette règle : A = 1, B = 2, etc., et vice-versa.

12 • 1 • 4 • 18 • 1 • 9 • 19 • 9 • 5 • 14 • 14 • 5 • 14 • 22 • 5 • 14 • 20 • 5 • 5 • 5 • 14 • A • I • A • G

Réponse : La draisienne, inventée en 1817.

Épisode 4

Zapping...

Qui a découvert le pôle Nord ?

Le pôle Nord, situé au milieu de l'océan Arctique, est le point le plus au nord de la planète Terre. Au début du XXe siècle, l'Américain Frederick Cook affirme l'avoir atteint en avril 1908. Faux, selon son compatriote Robert Peary. C'est lui qui aurait découvert le « point zéro » en avril 1909. Les historiens pensent que Peary s'est trompé dans ses calculs : il se serait en fait arrêté à 40 kilomètres du but. Il a fallu attendre avril 1948 pour que les membres d'une équipe soviétique posent vraiment le pied sur le « point zéro ». Ils avaient un grand avantage sur Cook et Peary : ils sont arrivés sur place en avion !

Le Gjoa, bateau d'Admundsen, 1903-1906. (ph © Harlingue / Roger-Viollet)

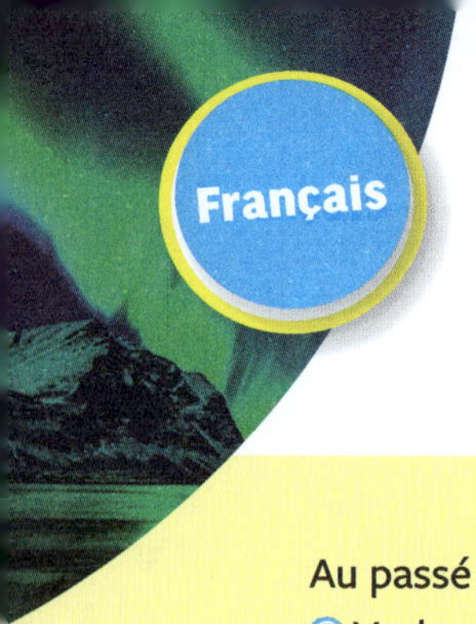

Conjuguer un verbe au passé simple

Mini-Cours

Au passé simple, les voyelles des terminaisons varient selon le groupe du verbe.

- Verbes du 1er groupe : *-ai, -a, -èrent*
- Verbes du 2e groupe et certains du 3e groupe : *-is, -it, -irent*
- Certains verbes du 3e groupe tels *savoir* ou *apparaître* : *-us, -ut, -urent*
- Les verbes *tenir* et *venir* (et leurs composés) : *-ins, -int , -inrent*

1 **Replace les verbes au passé simple pour reconstituer le récit.**

atteignit – se tint – s'éloigna – tourna – traça – fut – obliqua – dit

Le grand-père d'Akavak part rendre visite à son frère au Kokkuak, région lointaine située par-delà les montagnes glacées du Canada du Nord.

Quand le traîneau .... chargé et les chiens attelés, le vieil homme .... devant chacun de ceux qui étaient présents, les regardant droit dans les yeux. [...]

– Adieu à vous tous, ...-il d'une voix forte. Puis il .... le dos aux habitants des quatre maisons de neige qui s'étaient réunis pour le voir partir, et il ...., tout seul, à pied, se servant de la partie cisaillée de son mince harpon de phoque pour sonder le chemin. Avec beaucoup d'habileté, il .... la meilleure piste pour l'équipe des chiens à travers les dents déchiquetées de la barrière de glace que les marées avaient jetée là. Quand il .... la glace lisse de la mer, il .... rapidement vers le nord.

■ James Houston, *Akavak*, © Castor Poche Flammarion, 1980.

2 **Réécris les phrases suivantes au passé simple en tenant compte du changement de sujet.**

Adieu à vous tous, (dire) .... Akavak et sa sœur d'une voix forte. Puis ils (tourner) .... le dos aux habitants des quatre maisons de neige qui s'étaient réunis pour les voir partir et ils (s'éloigner) .... à pied, se servant de la partie cisaillée de leur mince harpon de phoque pour sonder le chemin.

3 **Conjugue les verbes au passé simple à la personne indiquée entre parenthèses, puis barre-les dans la grille. Avec les 7 lettres restantes, forme le nom d'un bateau tristement célèbre :** ....

- nier (elle) → nia
- chauffer (il) → ....
- devoir (tu) → ....
- être (nous) → ....
- finir (je) → ....
- fondre (je) → ....

i	s	n	i	t	b	o
a	f	f	u	a	h	c
r	o	e	s	t	f	n
e	n	u	a	u	i	p
b	d	t	m	a	n	u
i	i	e	e	i	i	s
l	s	i	s	n	s	c
a	p	r	e	v	i	s

- libérer (il) → ....
- obtenir (tu) → ....
- pouvoir (je) → ....
- prévoir (tu) → ....
- user (nous) → ....

CORRIGÉS p. 88

Utiliser le passé simple et l'imparfait

Départ en traîneau

Akavak est chargé par son père d'accompagner son grand-père.

Akavak appuya de tout son corps sur le traîneau qui s'ébranla. Il lança un cri aux chiens, qui gémirent et hurlèrent, impatients de prendre la piste. Et ils s'élancèrent. Sa sœur et les autres enfants sautèrent sur le traîneau qui démarrait. Les chiens suivirent la piste tracée par le vieil homme à travers les monticules hérissés de la glace du rivage, puis sur la neige plate qui couvrait la mer gelée.

■ James Houston, *Akavak*, traduit de l'américain par Anne-Marie Chapouton © Flammarion pour la traduction française, 1980. © 1968 and renewed 1996 by James Houston. Houghton Mifflin Harcourt Publishing.

1 **Dans le récit, souligne les 10 verbes conjugués.**

2 **Observe l'emploi du passsé simple et de l'imparfait dans le texte.**

a) « Il lança un cri aux chiens, qui gémirent et hurlèrent. » On aurait aussi pu utiliser l'imparfait : « Il lança un cri aux chiens, qui gémissaient et hurlaient. »

Quel temps permet d'exprimer la succession des actions ?

☐ le passé simple

☐ l'imparfait

b) Combien de verbes sont au passé simple ?

☐ 6 ☐ 8 ☐ 10

c) Pourquoi l'auteur a-t-il employé l'imparfait dans « puis sur la neige plate qui couvrait la mer gelée » ?

☐ pour rapporter une action

☐ pour décrire

Mini-Cours

- Dans un récit littéraire, le passé simple permet de raconter des actions qui font avancer l'histoire. On emploie aussi l'imparfait pour décrire ou rapporter des actions secondaires.
  Ex : Le bateau avançait quand l'iceberg leur fit face.
- L'imparfait et le passé simple s'utilisent principalement à l'écrit. À l'oral, pour rendre compte d'une histoire, on préfère le passé composé au passé simple.

3 **Recopie les verbes du texte conjugués au passé simple, puis relie chacun d'entre eux au groupe auquel il appartient.**

.... • 1er groupe • ....

.... • 2e groupe • ....

.... • 3e groupe • ....

....

4 **Complète les phrases en conjuguant le verbe entre parenthèses au passé simple ou à l'imparfait.**

Il (faire) .... tout à fait nuit lorsqu'ils (franchir) .... les détroits et (se diriger) .... vers les longs rivages inclinés. La lune (être) .... presque pleine et (avancer) ...., toute brillante, parmi les étoiles. Dans sa lumière, la neige (étinceler) .... autour d'eux.

■ *James Houston, op. cit.*

CORRIGÉS p. 89

Maths

Calculer avec des fractions

Mini-Cours

Somme (ou différence) de deux nombres en écriture fractionnaire

- S'ils ont le même dénominateur, on additionne (ou on soustrait) les numérateurs et on conserve le dénominateur commun : $\frac{a}{b}+\frac{c}{b}=\frac{a+c}{b}$; $\frac{a}{b}-\frac{c}{b}=\frac{a-c}{b}$
- S'ils ont des dénominateurs différents, on utilise l'égalité $\frac{a}{b}=\frac{a\times k}{b\times k}$ pour les écrire avec le même dénominateur, puis on applique la règle précédente.

Produit de deux nombres en écriture fractionnaire

- On multiplie les numérateurs entre eux et les dénominateurs entre eux : $\frac{a}{b}\times\frac{c}{d}=\frac{a\times c}{b\times d}$
- Dans le cas du produit par un entier a, on utilise l'égalité $a=\frac{a}{1}$ et on obtient : $a\times\frac{c}{d}=\frac{a\times c}{d}$

1 **Effectue les calculs suivants. Donne la réponse sous forme de fraction simplifiée.**

$A=\frac{4}{3}+\frac{7}{3}$ $B=\frac{19}{21}-\frac{4}{7}$ $C=9-\frac{5}{9}$

2 **Effectue les calculs suivants. Donne la réponse sous forme de fraction simplifiée.**

$A=\frac{3}{5}\times\frac{7}{2}$ $B=\frac{11}{12}\times\frac{36}{44}$ $C=21\times\frac{4}{28}$

Indice
Pense à simplifier avant d'effectuer les multiplications !

3 **Calcule A et B en écrivant toutes les étapes et en respectant les priorités.**

Les réponses seront données sous forme de fraction simplifiée.

$A=\frac{5}{16}\times\left(\frac{13}{20}-\frac{1}{4}\right)$ $B=\frac{5}{8}+\frac{3}{8}\times\frac{7}{15}$

4 Ce carré magique est un carré dans lequel la somme des nombres de chaque ligne, de chaque colonne ou de chaque diagonale est la même.
Complète ce carré avec les fractions qui conviennent.

$\frac{5}{12}$		
	$\frac{5}{6}$	
1		$\frac{5}{4}$

Astuce
Écris d'abord toutes les fractions avec le même dénominateur.

CORRIGÉS p. 89

Utiliser un rapport de proportionnalité

Maths

Mini-Cours

- Deux suites de nombres sont proportionnelles si on peut obtenir les termes de la seconde en multipliant les termes correspondants de la première par un même nombre, appelé le coefficient de proportionnalité.
- Lorsqu'on connaît 3 nombres dans 2 colonnes d'un tableau de proportionnalité, on peut calculer le quatrième, appelé « quatrième proportionnelle ».

1 **Complète les tableaux de proportionnalité suivants par la méthode de ton choix. Écris tes calculs à côté des tableaux.**

7	22
6,3	

....

....

7	42
11	

....

....

15	10	25
9	6	

....

....

2 Léa et Quentin partent à la montagne.

a) Le train roule à une vitesse régulière de 140 km/h. Il s'arrête une première fois après avoir roulé 2 h 30. **Calcule la distance parcourue.** ....

....

b) Pour arriver à destination, il reste 182 km à parcourir. **Calcule la durée de ce parcours en heures et minutes.** ....

....

c) Pour ce même parcours, mais sans arrêt, un TGV met 2 heures. Quelle est la vitesse moyenne du TGV en km/h ?

....

....

3 La partie émergée d'un iceberg a un volume de 12 000 m^3 et sa partie immergée un volume de 84 000 m^3.

Quelle est la proportion de glace émergée par rapport à l'iceberg ?

....

....

4 Lilia, Noémie et Amine ont loué ensemble une motoneige qui coûte 64 € pour le week-end. Lilia l'a utilisée pendant 5 heures, Noémie pendant 4 heures et Amine pendant 7 heures.

Comment vont-ils se répartir le prix de la location pour que ce soit équitable ?

....

....

....

....

CORRIGÉS p. 89

Parler du passé

The Book of Kells

ANNA – You know, the most interesting thing here isn't the college… it's a book!
ALEXIS – A book? What kind of book?
ANNA – A very old illuminated manuscript: the Book of Kells.
ALEXIS – Who was Kells?
ANNA – It wasn't a person! It is a town in Ireland and it was an abbey. The manuscript stayed in Kells for centuries. There, it survived from the Middle Ages.
ALEXIS – Wow! And when did it come to Trinity College?
ANNA – In the 17th century, I think. Do you want to see it?

(To be continued, p. 41)

- *what kind (of)?*: quelle sorte (de) ?
- *illuminated:* enluminé
- *an abbey*: une abbaye
- *a century (pl. centuries)*: un siècle
- *the Middle Ages:* le Moyen Âge

Mini-Cours

- Pour parler d'actions passées, terminées, on utilise le prétérit simple. À la forme affirmative, on ajoute *-ed* à la base verbale (*I visited*). Les négations et les questions se forment à l'aide de l'auxiliaire *did*. Ex. : *I didn't visit Dublin. What did you see there?*
- *Be* est le seul verbe à avoir deux formes au prétérit : *was* pour les 1re et 3e personnes du singulier, *were* pour les autres. Ex. : *I wasn't there. Were they at home?*

1 **À l'aide du dialogue, coche les bonnes réponses.**

a) The Book of Kells is… ☐ a book about illuminations. ☐ an illuminated book.
b) For many centuries, it stayed… ☐ in Kells. ☐ at the Kells' house. ☐ at Trinity College.
c) In the Middle Ages, it was… ☐ in Kells. ☐ at the Kells' house. ☐ at Trinity College.
d) It came to Trinity College… ☐ in the Middle Ages. ☐ in the 17th century.

2 **Complète par un auxiliaire au prétérit : did – was – were**

– Where .... Alexis this morning?
– He .... at Trinity College. Anna and Quinton .... with him.
– What .... they do there?
– They saw the Book of Kells. But they .... not visit the Old Library.

Petite info

- *buy, bought (acheter)*
- *eat, ate (manger)*
- *go, went (aller)*
- *have, had (avoir, prendre un repas…)*
- *take, took (prendre)*

3 Le soir, Alexis et Anna racontent leur journée. **Complète les phrases en conjuguant les verbes suivants au prétérit simple, à la forme affirmative ou négative.**

go – visit – take – wait – have – eat – buy

a) This morning, we .... the bus to the centre of Dublin. **b)** Then, we .... Trinity College and we .... in the queue to see the Book of Kells. **c)** We .... lunch in a Chinese restaurant because the nearest one was closed. So, we .... a hamburger and chips. **d)** After lunch, we .... to Grifton Street to do some shopping. Alexis .... souvenirs for his family.

CORRIGÉS p. 89

Exprimer un souhait

Things to do in Ireland

ANNA – Are there other things you'd like to do in Dublin?

ALEXIS – Well, I'd like to visit Dublin Castle, and I'd love to go to a real Irish pub.

ANNA – Good idea! When would you like to go?

ALEXIS – I don't know. Maybe you can ask your family to see what they want to do.

ANNA – Mum! Have you got plans for the weekend?

YOLONDA – No, I haven't. I'm tired, I don't want to do anything!

ANNA – Come on, Mum! Can we eat at the pub on Sunday?

(To be continued, p. 50)

- *other things:* d'autres choses
- *plans:* des projets
- *tired:* fatigué(e)
- *not ... anything:* rien
- *come on, mum!:* allez, maman !

1 **D'après le dialogue, les phrases suivantes sont-elles vraies *(right)* ou fausses *(wrong)* ?**

	right	wrong
a) Alexis wants to visit a castle.	☐	☐
b) He doesn't want to visit a pub.	☐	☐
c) Anna would like to go to the pub.	☐	☐
d) Yolonda wants to do a lot of things this weekend.	☐	☐

Mini-Cours

- Pour parler de ce que l'on veut faire, on utilise want to + base verbale.
Ex. : *I want to visit Dublin. She doesn't want to go to the pub. Did you want to come with me?*
- Pour dire ce que l'on aimerait faire, on utilise would like to + base verbale.
L'auxiliaire would peut se contracter en « *'d* » à la forme affirmative.
Ex. : *She'd like to see you. I wouldn't like to go now. Would you like to live in Dublin?*
- Dans les deux cas, *to* ne peut être suivi que de la base verbale. Il établit un lien entre les deux verbes qui se suivent.
Il évoque un désir, un but.

2 **Réponds de façon personnelle aux questions suivantes par : Yes, I do / No, I don't ou Yes, I would / No, I wouldn't.**

a) Would you like to go to Ireland? ....

b) Do you want to go to a pub tonight? ....

c) Would you like to meet Alexis and Anna? ....

d) Do you want to be better at English? ....

e) Do you want to stop doing this exercise? ....

Indice

Pour choisir la réponse brève qui convient, observe bien l'auxiliaire utilisé dans la question.

3 Alexis pense à ce qu'il voudrait faire ou ne pas faire dans les prochains jours.
À l'aide du dessin, coche les phrases correspondant à ses envies.

☐ He doesn't want to go back to France.
☐ He doesn't want to stay in Ireland.
☐ He doesn't want to walk on the beach.
☐ He'd like to walk on the beach.
☐ He'd love to go dancing.
☐ He'd like to stop dancing.

CORRIGÉS p. 89

EMC

Mon identité

Mini-Cours

- Les êtres humains appartiennent tous à l'**espèce humaine**. Cependant nous sommes tous différents.
- Chacun de nous possède sa propre **identité légale**, officielle, fixée par l'état civil à la naissance et composée notamment du nom, du prénom, de la date et du lieu de naissance ainsi que de la nationalité.
- Mais notre identité légale ne tient pas compte de notre personnalité, faite de nos goûts, de notre histoire, de nos amitiés, de nos engagements... Ces éléments forment notre **identité personnelle**.
En nous connectant aux réseaux sociaux, nous utilisons un peu de ces deux identités pour construire notre **identité numérique**, mi-réelle mi-inventée, complétée parfois d'un avatar.

1 **Dans quelle ville se trouve le service d'état civil qui a enregistré ton acte de naissance ?**

....

2 **Complète les cadres avec les éléments qui constituent ton identité.**

Colle ici ta photo.

Mon nom :
....
Mon prénom :
....

Ma date et mon lieu de naissance :
....
....

Un grand moment de mon histoire personnelle / familiale :
....
....

Mes projets, mes rêves :
....
....

Ma nationalité :
....

	J'aime	Je déteste
Aliment(s)	....	....
Sport(s)	....	....
Musique(s)	....	....
Matière(s) scolaire(s)	....	....

Petite info

Tu peux retrouver les éléments qui constituent ton identité légale sur des documents officiels comme ta carte d'identité ou ton passeport.

CORRIGÉS p. 90

Techno

Des habitats adaptés à leur environnement

Mini-Cours

- De tout temps, l'être humain a cherché à se protéger des intempéries et des agressions extérieures (animaux, assaillants…).
- Pour cela, il s'est longtemps servi de matériaux qu'il trouvait dans son environnement proche. Certaines découvertes, comme l'acier ou le béton, lui ont permis de faire évoluer la forme et la taille des bâtiments.
- Aujourd'hui, de nouvelles technologies permettent de construire des bâtiments confortables et très économes en énergie.

1 **Relie les différents habitats à leur fonction.**

igloo •	• se protéger des crues
case en terre •	• se protéger des assaillants
château fort •	• se protéger de la chaleur
maison sur pilotis •	• se protéger du froid

2 **Pour chaque habitat, coche la case correspondant à l'origine des matériaux utilisés.**

	Origine végétale	Origine minérale	Origine animale
Toit de chaume	☐	☐	☐
Toit en ardoise	☐	☐	☐
Couverture en peaux	☐	☐	☐
Toit en tuile	☐	☐	☐
Toit en tavaillons	☐	☐	☐

Indice
Le tavaillon est une tuile de bois.

3 **Complète la description de l'Heliotrope avec les mots suivants :**

électricité – énergie – soleil – pivote – habitat – panneaux photovoltaïques – géothermique – chaleur

© Rolf Disch Solar Architekt Freiburg

L'Heliotrope, conçu par Rolf Disch, est un .... à énergie positive, c'est-à-dire qu'il produit plus d'.............................. qu'il n'en consomme. Il est équipé de .... sur son toit, qui produisent de l'.............................. réinjectée dans le réseau électrique et d'un système d'échange .... qui permet de récupérer la .... dans le sous-sol pour chauffer la maison. Pour profiter au maximum de la chaleur du ...., la maison .... sur 180° afin de suivre l'astre toute la journée.

4 **Quel système permet d'assurer la rotation de l'Heliotrope avec le moins de pièces possible ?**

☐ engrenages

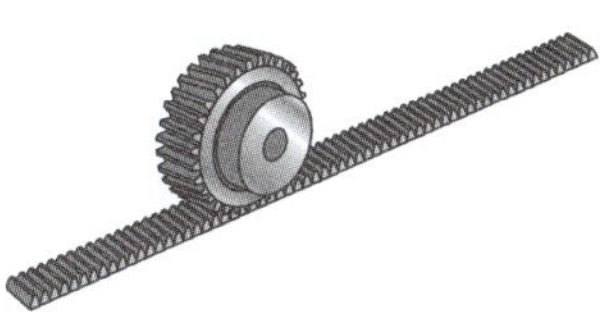

☐ engrenages + crémaillère

☐ engrenages + chaîne

CORRIGÉS p. 90

Check ! 6 questions pour vérifier que tu as retenu l'essentiel.

1 **Dans quelle phrase l'imparfait et le passé simple sont-ils les bons choix pour exprimer le passé ?**

☐ Je lisais quand mon père entrait dans ma chambre.
☐ Je lisais quand mon père entra dans ma chambre.
☐ Je lus quand mon père entrait dans ma chambre.
☐ Je lus quand mon père entra dans ma chambre.

2 **Vrai ou faux ? Coche les bonnes réponses.**

	Vrai	Faux
a) $4 \times \frac{5}{6} = \frac{20}{24}$	☐	☐
b) $\frac{8}{11} \times \frac{11}{8} = 1$	☐	☐
c) Prendre les deux tiers des trois quarts de 100, c'est prendre la moitié de 100.	☐	☐

3 **Complète les tableaux de proportionnalité par la méthode de ton choix.**

a)

7	13
5,6	.....

b)

11	.....
6	27

4 **Coche la forme verbale qui convient.**

Yesterday, Alexis ☐ goes ☐ is going ☐ went to Grifton Street for shopping because he ☐ want ☐ wanted ☐ didn't want to buy souvenirs from Dublin. He ☐ was ☐ were ☐ weren't happy to find a lot of presents for his family.

5 **Quel document peut servir à prouver ton identité ?**

☐ une carte d'identité ☐ une carte de cantine ☐ un passeport ☐ une carte de transport

6 **Relie chaque toit à sa particularité.**

Le toit en ardoise breton •	• répond aux exigences esthétiques.
Le toit bâché kazakh •	• résiste aux fortes pluies.
Le toit en chaume alpin •	• permet un mode de vie nomade.
Le toit en tuile « romaine » •	• résiste à la rudesse climatique.

CORRIGÉS p. 92

Énigme

> Des chiffres et des glaçons

Jeanne cherche à connaître la température (en °C) qu'il fait au pôle Nord en hiver. Peux-tu l'identifier avec ces trois indices ?

1. Ce nombre est négatif.
2. Il est supérieur à : – (3 × 3 × 2 × 2)
3. C'est un multiple de 2.

7 –36 –34 0 5

ph © weyo - stock.adobe.com

Réponse : – 34°C

Épisode 5

Zapping...

Comment digère-t-on une barre de céréales ?

Il te faut moins d'une minute pour avaler une barre de céréales. Mais combien de temps pour la digérer ? Tes dents réduisent les céréales en petits morceaux en quelques minutes, mais ton estomac met 3 à 4 heures à broyer et malaxer les aliments grâce aux sucs gastriques. La bouillie obtenue rejoint l'intestin grêle où les nutriments sont absorbés par ton corps. Au bout de 12 à 14 heures, les restes indigestes (les fibres) sont transformés en selles dans le gros intestin. Compte encore 4 heures avant de pouvoir les évacuer aux toilettes. Au total, la digestion aura duré une journée entière !

Un sportif dévorant une barre de céréales. (ph © Alice S. / BSIP)

Français

Reconnaître les pronoms

Un dîner improvisé

Philibert mit le couvert. Camille, [qui] ne savait pas cuisiner, était allée chez Gourbetzkoï et avait choisi un assortiment de taramas, de saumons, de poissons marinés et de confitures d'oignons. [Ils] remplirent consciencieusement tous les petits raviers[1] du grand-oncle. Elle sortit sa petite cafetière italienne et but son jus dans une tasse si fine qu'[elle] était certaine de pouvoir la briser en [la] croquant.

■ **D'après Anna Gavalda, *Ensemble, c'est tout*, Le Dilettante, 2004.**

1. Petits plats de forme allongée.

Mini-Cours

- Les pronoms remplacent le plus souvent un nom ou un groupe nominal pour éviter des répétitions.
- Il existe des pronoms :
  - personnels : *je, tu, il, me, te, se, la, lui…* ;
  - possessifs (appartenance) : *le mien, la tienne, la nôtre…* ;
  - démonstratifs (pour montrer) : *ce, cela, celle(s), ceux…* ;
  - indéfinis (pour quantité ou identité non précisées) : *on, tous, chacun, plusieurs… ;*
  - relatifs (introduisant une subordonnée relative) : *qui, que, dont, où…*

1 **Indique le terme que remplace chaque pronom encadré dans le texte.**

qui :	elle : ....
Ils :	la : ....

2 **Souligne les 8 pronoms personnels présents dans le texte ci-dessous.**

Mais combien de fois il faut que je vous le dise ? Le beurre, ça va dans un beurrier parce que ça prend toutes les odeurs ! Et le fromage aussi ! […] Et ça, c'est quoi ? de la salade ? Pourquoi vous la laissez dans son sac plastique ? Le plastique, ça abîme tout ! Je te l'ai déjà dit, Philibert !

■ Anna Gavalda, *op. cit.*

3 **Souligne les 5 pronoms présents dans le texte ci-dessous.**

Mes disques ont plu à tout le monde. Mais le plus important, c'est que Claire et Sonia ont été sciées de voir qu'un garçon était capable de cuisiner comme ça. Éric, lui, s'est gavé comme un goret, ne faisant visiblement pas la différence entre ma cuisine et les pizzas surgelées que lui servait sa mère.

■ Mikaël Ollivier, *La Vie, en gros*, 2006 © Éditions Thierry Magnier.

4 **Indique dans les parenthèses la nature du pronom.**

Manger de tout (pronom ....), mais pas n'importe comment.
« Bien manger, c' (pronom ....) est manger ce qu'on (pronom ....) aime. », confie Élodie, 16 ans. Il n'y a pas d'aliments interdits dès lors qu'ils (pronom ....) sont consommés de façon raisonnable.
« Ses choix alimentaires ne sont pas toujours les miens (pronom ....) », déclare la mère d'Élodie. Mais le risque est de tenir un discours nutritionnel trop sévère ou moralisateur qui (pronom........................) peut induire des troubles du comportement alimentaire.

CORRIGÉS p. 90

Distinguer des homophones grammaticaux

Mini-Cours

- Des homophones grammaticaux se prononcent de la même manière, mais ils diffèrent par leur sens et leur orthographe.
- Pour les distinguer, il faut analyser leur classe grammaticale et s'appuyer sur le contexte.
Par exemple, le pronom *se* est devant un verbe pronominal ; le pronom démonstratif *ceux* désigne plusieurs personnes.
Ex. : *Il se réjouit de revoir ceux qu'il avait rencontrés en vacances l'été dernier.*

1 **Coche la bonne orthographe.**

a) Les adolescents aiment grignoter. La sensation de faim ☐ l'ai ☐ les rattrape au goûter qui ☐ leur ☐ leurs fournit l'occasion d'absorber des sucreries.
b) ☐ Se ☐ Ce type de comportement ☐ se ☐ ce retrouve aussi dans des moments d'ennui.
c) On ☐ a ☐ n'a une fringale quand on ☐ nait ☐ n'est ☐ est fatigué.

2 **Complète avec les mots qui conviennent.**

a) a – à ? Il .... été tenté par des rillettes du Mans .... déguster sur une tartine de pain.

b) ou – où ? Je ne sais .... trouver le moins de calories : dans le cassoulet du Sud-Ouest .... dans la carbonade flamande ?

c) pré – près – prêt – prêts ? Dans la vallée de la Maurienne, ... de la frontière italienne, le fermier fromager est .... à traire la chèvre dont le lait donnera la meilleure tomme.

d) des – dès ? Avez-vous déjà mangé .... melons de Cavaillon .... que le soleil les a rendus mûrs ?

e) sur – sûr – sûre – sûrs – sûres ? En goûtant au piment d'Espelette, elles sont .... de voir perler .... leur front quelques gouttes de sueur.

f) si – s'y – ci ? .... tu vas en Bretagne ces jours-.............., tu découvriras les crêpes au sarrasin : dans les auberges côtières, elles .... savourent accompagnées d'une bolée de cidre.

3 **Rectifie l'orthographe des homonymes écrits en bleu dans le mail envoyé par Lola à ses parents lors de son séjour linguistique aux États-Unis.**

Dans là .... famille qui m'accueille depuis de .... semaines, ces .... un vrai plaisir de manger tout .... les jours. Se .... matin, j'ai avalé une salade de fruits frais, servie avec des pancakes couverts de sirop d'érable. Qu'elle .... régal ! Le midi, ils mon .... cuisiné un hamburger avec tous mais .... ingrédients préférés, sens .... oublier un bon vert .... de jus d'orange. Je ne veut .... pas trop vous faire saliver mes .... j'ai quant .... même terminé mon repas sûr .... un milk-shake à la fraise.
C'était trait .... bon !

CORRIGÉS p. 90

Utiliser les notions de pourcentage ou d'échelle

Mini-Cours

- Un pourcentage exprime une proportion entre 2 données, l'une d'elles étant ramenée à 100. Ex. : « 15 % des touristes sont anglais » signifie que dans un groupe de 100 touristes, il y a 15 touristes anglais. Calculer un pourcentage, c'est donc écrire une proportion de dénominateur 100.
- Dans une représentation à une échelle donnée, les distances sur le plan et les distances réelles sont proportionnelles.
Ex. : « Un plan est à l'échelle 1/200 » signifie que le rapport $\frac{\text{distance sur le plan}}{\text{distance réelle}}$ est égal à $\frac{1}{200}$.
Calculer une échelle, c'est écrire une proportion entre les distances sur le plan et les distances réelles exprimées dans la même unité.

1 L'édition 2022 de la Route du Rhum a été marquée par l'abandon de 15 multicoques sur un total de 18, en raison de conditions météorologiques très dures.
Calcule le pourcentage de bateaux qui ont abandonné.

....

2 **Pour chaque énoncé, complète la dernière case de la ligne avec la lettre qui correspond à la bonne réponse.**

Énoncé	A	B	C	
a) Dire que dans un croissant il y a 9 % de beurre revient à dire :	Dans 2 croissants, il y a 9 % de beurre.	Dans 2 croissants, il y a 18 % de beurre.	Dans un croissant, il y a 9 g de beurre.	......
b) Prendre 20 % d'une quantité, c'est en prendre :	$\frac{1}{20}$	$\frac{1}{5}$	$\frac{20}{80}$	......
c) La maquette d'un avion a pour longueur 414 mm. Sachant que la longueur réelle de l'avion est de 62,10 m, l'échelle de cette maquette est :	$\frac{10}{15}$	$\frac{150}{1}$	$\frac{1}{150}$	......

3 **a)** Sur le territoire français, le fleuve le plus long est la Loire avec 1 012 kilomètres, suivi de la Seine avec 776 kilomètres.
Calcule en centimètres la longueur de ces deux fleuves sur une carte au $\frac{1}{2\,000\,000}$.

....

....

b) La Meuse est un fleuve de 950 kilomètres dont seuls 486 kilomètres sont situés en France.
Calcule le pourcentage de la Meuse qui se trouve sur le territoire français.

....

....

CORRIGÉS p. 90

Travailler sur les parallélogrammes

1 **Construis les parallélogrammes :** **a)** ABCD **b)** RSTU **c)** IJKL de centre O

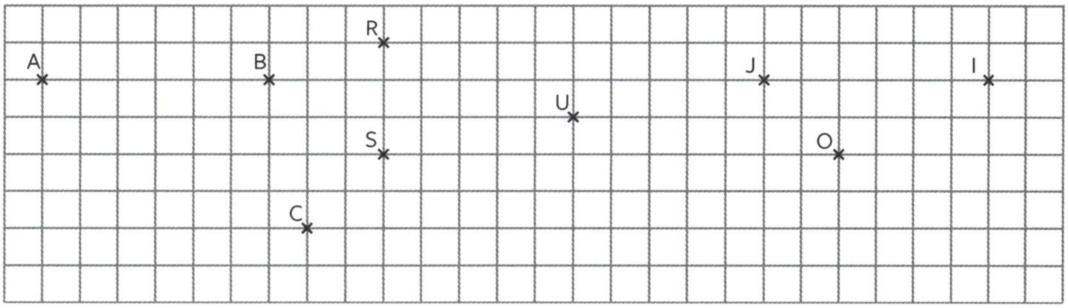

2 **Calcule l'aire de chaque parallélogramme de l'exercice 1.**

L'unité d'aire est le carreau.

a) Aire de ABCD = ...

b) Aire de RSTU = ...

c) Aire de IJKL = ...

Indice

Commence par tracer la diagonale qui va déterminer ton partage en deux triangles.

3 **Observe la figure, puis coche la ou les bonne(s) réponse(s) pour chaque figure énoncée dans le tableau.**

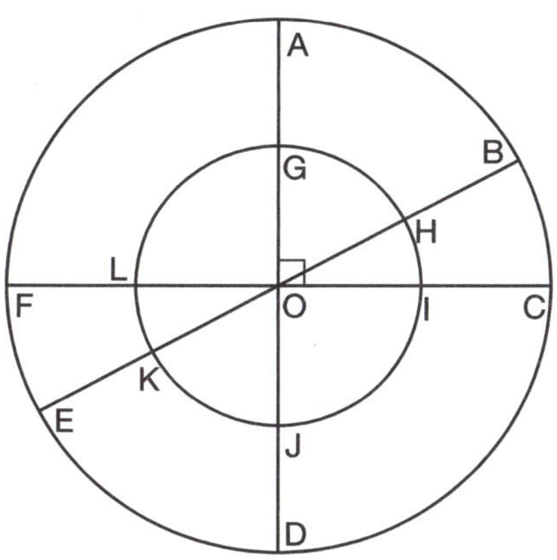

Mini-Cours

Un parallélogramme est un quadrilatère dont les côtés opposés sont parallèles et de même longueur et dont les diagonales se coupent en leur milieu.
Pour calculer l'aire d'un parallélogramme ABCD, on calcule l'aire du triangle ABC (ou bien celle du triangle ABD), puis on multiplie par deux.

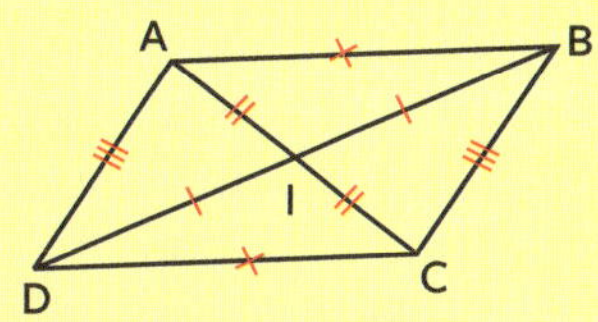

Le rectangle est un quadrilatère qui a quatre angles droits. Ses diagonales ont le même milieu et la même longueur.

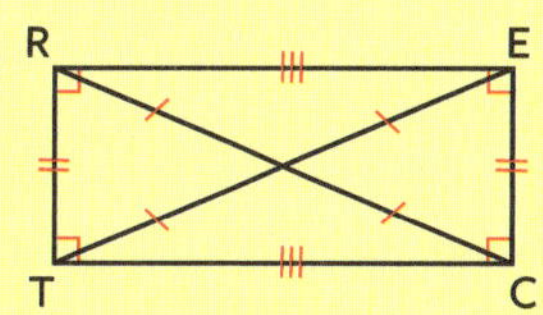

Le losange est un quadrilatère dont les côtés ont la même longueur. Ses diagonales ont le même milieu et sont perpendiculaires.

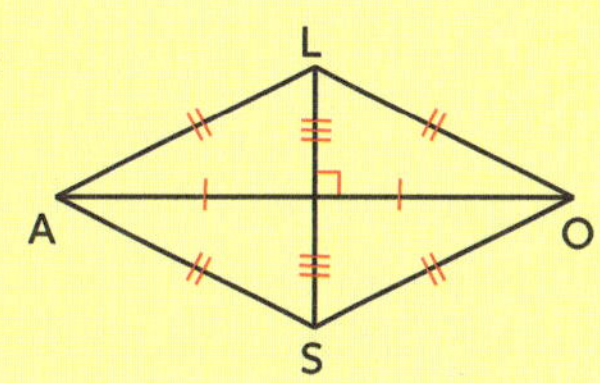

Le carré est à la fois un rectangle et un losange. Ses diagonales ont le même milieu, la même longueur et sont perpendiculaires.

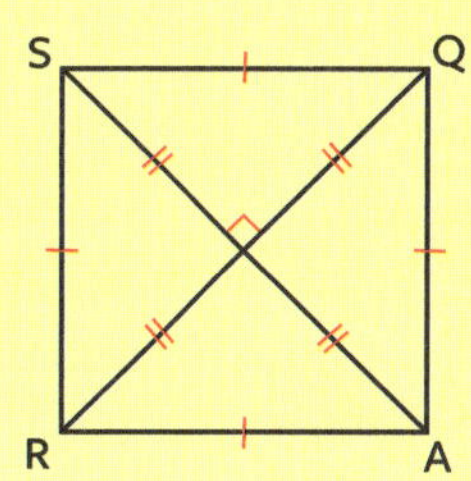

	parallélogramme	rectangle	carré	losange
ABDE	☐	☐	☐	☐
AFDC	☐	☐	☐	☐
GBJE	☐	☐	☐	☐
FGCJ	☐	☐	☐	☐
GHKL	☐	☐	☐	☐
IHLK	☐	☐	☐	☐

CORRIGÉS **p. 90**

Anglais

Parler de quantités

Sunday brunch at the pub

ANNA – Look at the menu! You can have some pancakes, bagels, Irish bread...

ALEXIS – Are there any sandwiches?

ANNA – Yes, look! You can have some sandwiches with ham, smoked salmon or...

ALEXIS – Great! I'd like a sandwich with smoked salmon and... pancakes, please.

ANNA – How many pancakes would you like?

ALEXIS – Well, many! I love pancakes! Is there any honey to eat with?

WAITER – I'm sorry, there's no honey left, but you can have some jam or some marmalade.

(To be continued, p. 51)

- *a pancake:* sorte de petite crêpe
- *a bagel:* petit pain en forme de couronne
- *ham:* jambon
- *smoked salmon:* saumon fumé
- *honey:* miel
- *jam:* confiture

1 **Lis le dialogue, puis coche les aliments disponibles pour le brunch. Entoure ceux qu'Alexis va consommer.**

a) ☐

b) ☐

c) ☐

d) ☐

e) ☐

f) ☐
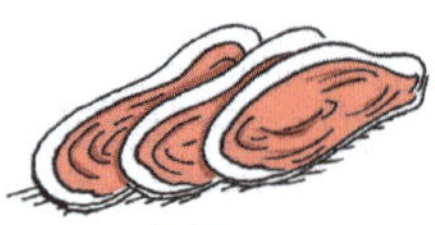
g) ☐

h) ☐

i) ☐

Mini-Cours

- Pour parler de quantité ou de nombre sans les préciser, on emploie :
  - – *some* dans les phrases affirmatives. Ex. : *I'd like some bread.*
  - – *any* dans les phrases négatives et interrogatives. Ex. : *There isn't any honey. Have you got any jam?*
  - – on utilise *much* et *many* pour parler de grande quantité. On emploie *much* avec un nom indénombrable singulier et *many* avec un nom dénombrable pluriel. Ex. : *There are many people at the pub. Don't drink too much coffee.*
- Pour interroger sur la quantité ou le nombre, on utilise *How* devant *much* et *many*. Ex. : *How much tea / How many pancakes do you want?*

2 **Complète les phrases suivantes avec *some* ou *any*.**

a) There is .... coffee. Alexis doesn't want .... coffee, but he'd like .... milk.

b) "Are there .... bagels left?" – "No, sorry, there aren't ...., but there are .... pancakes."

3 **Complète les phrases avec *much* ou *many*.**

a) How .... people are there in the pub?

b) Alexis shouldn't eat too .... pancakes and too .... jam. He could be sick!

c) "How .... milk would you like in your tea?" – "Not ...., please."

d) .... children drink hot chocolate for breakfast.

CORRIGÉS p. 91

Raconter les circonstances d'événements passés

Anglais

Catastrophe in Bray

YOLONDA – What's wrong with you, Anna?

ANNA (*gasping*) – It isn't me... It's Thalia!

YOLONDA – I thought Alexis and you were looking after her.

ANNA – We were. We were just walking on the beach to the harbour when that happened.

YOLONDA – What happened?

ANNA – She disappeared! Thalia disappeared!

YOLONDA – Where were you standing when you last saw her?

ANNA – Over there, where Alexis is now... but who is he with? Look Mum! He is with Thalia, she's back!

(To be continued, p. 60)

- *what's wrong?*: qu'est-ce qui ne va pas ?
- *to gasp*: avoir le souffle coupé
- *to look after*: s'occuper de
- *a harbour*: un port
- *to happen*: se produire
- *to disappear*: disparaître

1 **À l'aide du dialogue, coche les réponses correctes (plusieurs solutions possibles).**

a) Anna is... ☐ gasping for air. ☐ walking on the beach. ☐ looking after Thalia.

b) Thalia suddenly... ☐ saw her. ☐ stood with Alexis. ☐ disappeared.

c) When that happened, ...
☐ Anna was running on the beach.
☐ Anna was with Alexis. ☐ Anna was going to the harbour.

d) Finally, ... ☐ Thalia is with Anna.
☐ Thalia is with Alexis. ☐ Thalia is with her mother.

2 Voici ce qui se passait quand Thalia a disparu.
Conjugue les verbes suivants au prétérit *be*+V-*ing*: walk – phone – ask – shine

At 3:15 p.m., when Thalia disappeared, the sun .... over the sea. Yolonda .... her mother, sitting on a bench. Anna and Alexis .... on the beach and Alexis .... Anna questions about places to visit in Bray.

Mini-Cours

- Pour parler d'une action que l'on faisait à un moment donné du passé ou pour raconter dans quelles circonstances un événement passé s'est produit, on utilise le prétérit *be*+V-*ing*.
- On l'emploie souvent avec le prétérit simple pour mettre en parallèle deux actions passées.
Ex. : *They were playing by the sea when their mother called them.*
- On construit le prétérit *be*+V-*ing* à l'aide de l'auxiliaire *be* conjugué au prétérit et de la base verbale suivie de *-ing*.
Ex. : *At 4 yesterday, she was jogging on the beach, she wasn't working.*
What were you doing?

3 Anna raconte son séjour à Bray, lors du dernier festival d'été.
Conjugue les verbes au prétérit simple ou au prétérit *be*+V-*ing*.

a) Last year, in July, we (come) .... to Bray for the annual Bray Summerfest.

b) Quinton, Thalia and I (wait) .... for our parents in front of the hotel when something (explode) ....

c) At that moment, Dad (park) .... his car nearby.

d) He was so surprised that he (bump) .... into a tree and the car (stop) .... and never (start) .... again.

Petite info

to bump into: rentrer dans

CORRIGÉS p. 91

Nourrir la population de l'Inde

Mini-Cours

L'Asie abrite les deux seuls pays du monde à recenser chacun plus d'un milliard d'habitants : la Chine et l'Inde. Pour nourrir une telle population, l'Asie peut compter sur la riziculture.

L'Inde a réussi à nourrir une population en très forte croissance grâce à la « révolution verte ». Cette expression désigne la mise en œuvre de techniques modernes dans l'agriculture depuis les années 1950. Mais ces méthodes ont des conséquences négatives sur l'environnement.

1 **Observe bien le schéma : il t'aidera à compléter la grille de mots croisés.**

Les hommes doivent faire de nombreux travaux pour maîtriser l'irrigation indispensable à la riziculture, car le riz est une céréale qui a besoin d'un climat chaud et humide comme celui de l'Asie des moussons, en Asie du Sud-Est.

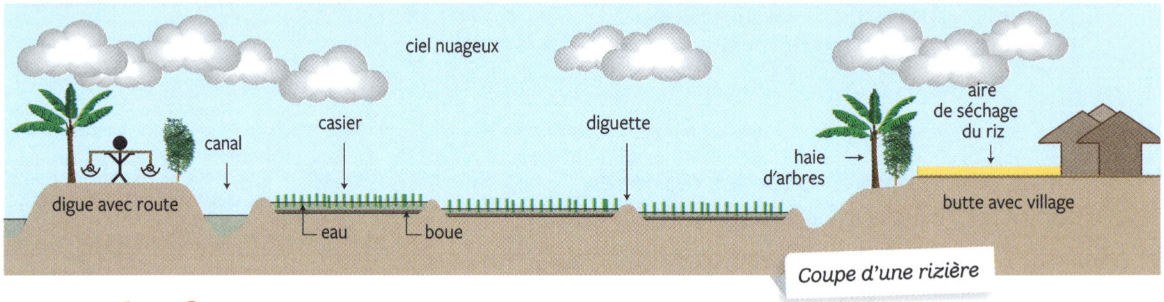

Coupe d'une rizière

1. Il a été creusé pour apporter l'eau dont le riz a besoin.
2. C'est le nom donné à une terre consacrée à la culture du riz.
3. Ce mot désigne l'espace planté de riz entre deux diguettes.
4. La terre gorgée d'eau dans laquelle le riz prend racine.
5. Elle sépare les espaces cultivés afin d'y maintenir l'eau.

2 **Observe le schéma sur la révolution verte. Puis colorie :**
– en vert, les conséquences positives ;
– en rouge, les conséquences négatives.

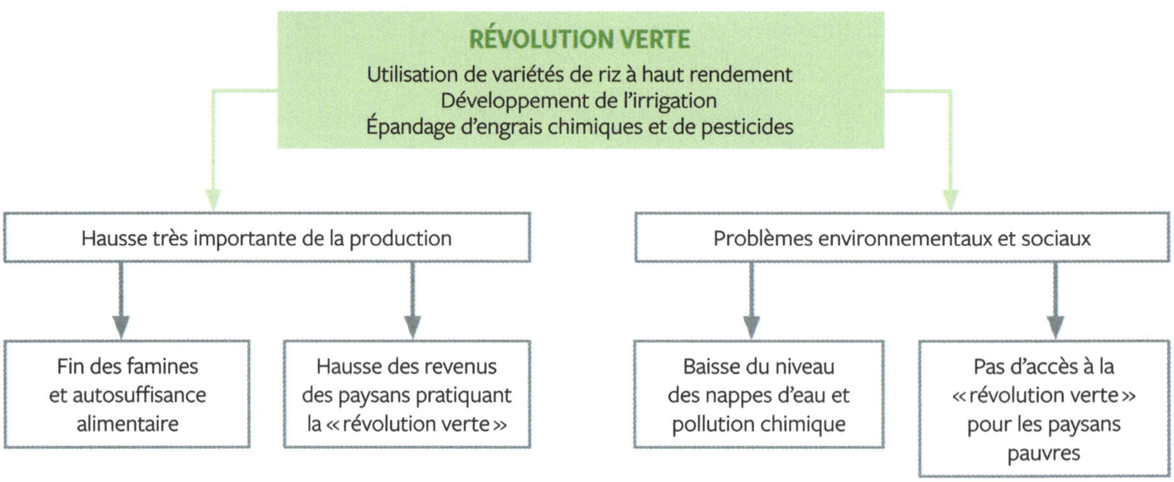

CORRIGÉS p. 91

Nutrition et transport de matière dans l'organisme

SVT

Mini-Cours

- Les êtres vivants utilisent des nutriments et du dioxygène pour leur croissance et leur développement.
- Chez de nombreux animaux, la respiration apporte le dioxygène.
Les nutriments (glucides, lipides, protides, eau, sels minéraux) sont fournis par l'alimentation et transportés par le sang.
- La plupart des végétaux chlorophylliens (verts) puisent l'eau et les sels minéraux dans le sol par les racines. Ils circulent dans les vaisseaux conducteurs de sève, comme la matière organique élaborée dans les feuilles.

1 Plus de 100 000 kilomètres ! C'est la longueur totale des vaisseaux sanguins chez un être humain à l'âge adulte ! **Comment expliquer la nécessité d'un tel réseau ? Coche la bonne réponse.**

☐ En cas de blessure, de nombreux vaisseaux sanguins de rechange sont ainsi disponibles.

☐ Les vaisseaux sont très fragiles, ils vieillissent rapidement et sont remplacés au fur et à mesure.

☐ Les vaisseaux sanguins irriguent tous les organes du corps.

☐ Un certain nombre de vaisseaux sert à autre chose qu'à la circulation sanguine.

2 **a) Annote le schéma à l'aide des mots :** racine – tige – feuille

***b)* Indique le sens** de la circulation d'eau et de sels minéraux dans la plante par une flèche bleue, et celui de la circulation de la matière organique par une flèche rouge.

Indice

Tous les organes consomment des nutriments et du dioxygène.

3 Chez l'être humain, en cas d'alimentation trop riche, la graisse peut s'accumuler et boucher un vaisseau. **Pourquoi est-ce particulièrement grave ?**

....

....

....

....

....

CORRIGÉS **p. 91**

Check ! 6 questions pour vérifier que tu as retenu l'essentiel.

1 Relie les pronoms à leur nature exacte.

lui •	• pronom indéfini
le sien •	• pronom démonstratif
celui-ci •	• pronom personnel
tout •	• pronom possessif

2 Complète la phrase suivante avec *ce*, *ceux* et *se*.

.... qui me plaît, c'est qu'on .... trouve maintenant parmi .... qui réussissent !

3 Complète le tableau.

a) Dans 200 g de sorbet, il y a 160 g d'eau.	Dans ce sorbet, il y a .... % d'eau.
b) En été, sur 3 000 voitures qui passent au péage, 720 sont étrangères.	En été, au péage, ... % des voitures sont étrangères.
c) Le stade contient 25 000 places et ce jour-là, il y avait .... spectateurs.	Ce jour-là, le stade était rempli à 95 %.
d) Nicolas a loué un mobile-home pour 680 euros. Pour le sien, Bertrand a payé .... euros.	Nicolas a loué un mobile-home pour 680 euros. Pour le sien, Bertrand a payé 25 % de plus.

4 Coche le quantifieur qui convient.

a) If you like, there is ☐ some ☐ any ☐ no tea for breakfast.

b) But there aren't ☐ some ☐ any ☐ no pancakes left, sorry.

c) How ☐ much ☐ many ☐ some bagels would you like?

5 Quelle est la principale culture de l'Asie du Sud-Est ?

☐ le riz ☐ le blé ☐ le thé ☐ le maïs

6 Comment se fait le transport de matière dans un organisme ? Coche la bonne réponse.

a) Chez beaucoup d'animaux les nutriments sont transportés par ☐ les vaisseaux sanguins ☐ les muscles.

b) Le dioxygène de la respiration ☐ sert à faire fonctionner les poumons ☐ sert à tous les organes.

c) Chez les végétaux la sève ☐ circule dans des vaisseaux ☐ s'imprègne dans les feuilles comme dans un papier absorbant.

d) Chez les animaux le sang ☐ sert à maintenir humides les organes ☐ est un transporteur de matière.

CORRIGÉS **p. 92**

ph © selimaksan / iStock

À plusieurs

> Star de cinéma

1. Un joueur, désigné comme meneur, imite une star de cinéma connue, en référence à un film particulier.
2. Les autres joueurs lui posent des questions pour deviner de qui il s'agit : « Joues-tu un rôle masculin ? », « Incarnes-tu un espion ? », etc.

Le meneur ne peut répondre que par oui ou non. En cas de difficulté, il peut aider les joueurs en citant une réplique culte.

Épisode 6

Zapping...

Faire pousser notre essence ?

Si le gaz et le pétrole disparaissaient, comment faire rouler nos voitures et chauffer nos maisons ? La solution passe notamment... par les végétaux ! Le colza, la betterave et la canne à sucre sont d'ores et déjà transformées en biocarburants. Ces carburants verts constituent une source d'énergie renouvelable et ils polluent moins que l'essence.

Ils ne sont pas sans inconvénients : les cultures de colza épuisent les réserves d'eau et utilisent des pesticides qui endommagent les sols. De plus, la demande de biocarburants fait monter les prix de plantes utilisées pour l'alimentation, comme le maïs.

Voiture faisant le plein de biocarburant. (ph © scharfsinn86 / stock.adobe.com)

Rédiger une description

La sécheresse

Dans La Ferme africaine, *Karen Blixen (1885-1962) raconte les 17 années qu'elle a passées au Kenya, et les liens très forts qu'elle a noués avec les lieux et les habitants du pays.*

Mais, une année, la pluie fit défaut. On aurait cru que l'univers entier se détournait de nous. Le temps se rafraîchit, il fit même froid quelques jours, mais il n'y avait aucune humidité dans l'atmosphère ; il fit de plus en plus sec et l'on aurait dit que toute la force et toute la grâce s'étaient retirées du monde. Le temps n'était ni bon ni mauvais [...], il soufflait un vent triste comme un courant d'air, toutes les couleurs du paysage pâlissaient et fanaient, le sol et les bois ne dégageaient plus le moindre parfum. Les sous-bois dépérirent, figés avec leurs feuilles jaunies. Le pays était écrasé et accablé par l'impression d'être tombé en disgrâce. Au sud, les plaines n'étaient plus que des brûlis noirs et déserts, veinés par des rayures de cendres grises et blanches.

Chaque jour qui s'achevait sans pluie réduisait à néant encore un de nos espoirs et de nos projets. Ce que nous avions labouré, taillé et planté au cours des derniers mois de labeur semblait désormais aberrant, *buri*. L'activité de la ferme ralentit, puis cessa totalement.

■ **Karen Blixen, *La Ferme africaine*, traduit par Alain Gnaedig, © Éditions Gallimard.**

1 **Après une lecture attentive du texte, réponds aux questions suivantes.**

a) Le texte décrit : ☐ un orage violent ☐ une sécheresse prolongée ☐ une tempête de sable

b) Numérote les éléments ci-dessous selon leur ordre d'apparition dans le texte.

..... le vent triste ..... le froid ..... l'absence de parfum ..... les brûlis noirs et déserts

Mini-Cours

- Une description permet de mieux se représenter ce dont on parle. C'est une pause dans le récit. Elle doit être ordonnée : du général au particulier, de haut en bas, de gauche à droite...
- La description d'une personne est appelée portrait.
- Pour décrire, on est amené à utiliser des adjectifs.

2 **Pourquoi l'auteur fait-elle cette description ?**

☐ Karen Blixen est météorologue.

☐ La description permet d'expliquer l'état d'esprit des personnages.

☐ L'auteur aime les paysages de sécheresse.

3 **Six mots sont soulignés dans le texte. Reporte-les dans le tableau selon le sens auquel ils se rapportent.**

Vue	Odorat	Toucher
....	....	....
....	....	....
....	....	....

CORRIGÉS p. 91

Utiliser des compléments circonstanciels

Mini-Cours

- Les compléments circonstanciels (CC) précisent les circonstances de l'action ; ils sont déplaçables ou supprimables.
Les circonstances exprimées peuvent être le temps, le lieu, la manière, le moyen, la cause, la conséquence, le but…
- Certains CC, introduits par une préposition, peuvent renseigner sur le type de circonstance. Ex : « *depuis deux mois* » indique le temps, « *à la plage* » le lieu.

1 **Complète les phrases avec les compléments circonstanciels (CC) ci-dessous.**

à l'aide d'une éolienne verticale – avec l'aide d'une poignée de copains – avec un poêle à granulés – dans des toilettes sèches – y – Quelques semaines plus tard – sur les hauteurs de Blainville

……………………, Ludovic dénicha le terrain idéal …………………… …………………… . Il entreprit d'y bâtir, …………………… ……………, une maison de bois, de paille compressée et de brique crue dont le toit plongeant faisait office de capteur solaire. On ………… récupérait l'eau de pluie, on y recyclait l'énergie du vent …………………… ……………………, on s'y chauffait …………………… ……………, on y faisait ses besoins …………………… .

■ Colin Thibert, « Trois petits cochons… », *Nouvelles re-vertes*, Éditions Thierry Magnier, 2008.

2 **Indique à côté de chaque CC souligné la nuance circonstancielle.**

Il se produisit alors une série d'événements dramatiques que Ludovic et ses amis prévoyaient depuis longtemps (CC de ……………………) : le prix des énergies fossiles grimpa si haut que seuls les plus fortunés purent encore se chauffer, s'éclairer, se déplacer en voiture (CC de ……………………). […] L'appartement était glacial : on ne chauffait plus depuis des mois (CC de ……………………) et l'isolation était inexistante. […] Les deux frères découvrirent de l'eau qui ruisselait le long des murs (CC de ……………………) : le béton n'avait pas résisté aux écarts de température. […]

Les deux frères résolurent alors de se rendre chez Ludovic (CC de ……………………).

■ Colin Thibert, *op. cit.*

Astuce
Repère les prépositions ou les conjonctions qui introduisent les CC pour trouver de quel type de CC il s'agit (ex. : dans → lieu).

3 **Dans les phrases suivantes, entoure les quatre CC de lieu en rouge, le CC de temps en bleu, le CC de manière en vert et le CC de conséquence en noir.**

À travers les doubles vitrages, on voyait briller de la lumière. […]

Lorsque Ludovic leur ouvrit la porte, Hervé et Victor manquèrent de défaillir : il régnait chez leur frère une douce chaleur […].

« Comment tu fais pour avoir tout ce que nous n'avons plus ? » s'enquit Hervé […] avec envie […].

[…] Dehors, le vent hurlait aussi fort qu'une meute de loups. Tous les efforts qu'il déploya pour s'introduire dans la maison de Ludovic restèrent vains. En revanche, il fit tourner l'éolienne tant et si bien qu'elle produisit assez de kilowatts pour assurer aux trois petits cochons un hiver douillet…

■ Colin Thibert, *op. cit.*

CORRIGÉS p. 91

Utiliser des nombres relatifs

Mini-Cours

- Un nombre relatif est composé d'un signe (+ ou –) et d'une partie numérique.
- Deux nombres sont opposés s'ils ont la même partie numérique mais des signes différents.
- Si deux nombres sont négatifs (signe –), le plus grand est celui qui a la plus petite partie numérique.
- Lorsque dans un repère on lit les coordonnées d'un point, le premier nombre est lu sur l'axe horizontal et s'appelle l'abscisse ; le deuxième est lu sur l'axe vertical et s'appelle l'ordonnée.

1 Voici une droite graduée avec le centimètre comme unité.

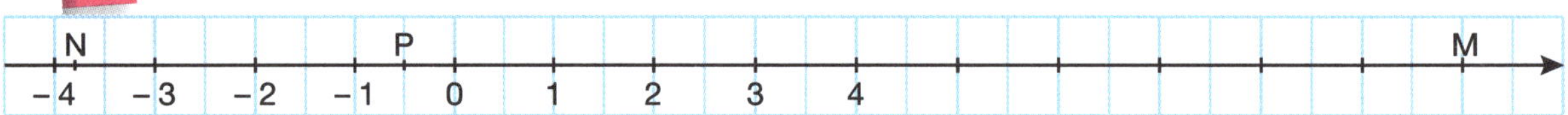

a) Complète les coordonnées des points : M (.................) ; N (.................) ; P (.................)

***b*) Place les points :** O (0) ; A (+1) ; B (– 3) ; C (+ 8) ; D (4,3) ; E (– 1,8).

c) Range ces nombres dans l'ordre décroissant en utilisant le bon signe (> ou <).

1 • 4,5 • – 7,3 • 4,52 • – 7,35 • 4,05 • – 7,304 • 0 → ....

2 **Observe le plan ci-contre et complète le tableau des coordonnées des sites de la ville de Venise.**

sites	coordonnées
Place Saint-Marc	....
Pont du Rialto	....
Collection Guggenheim	....
Palais Mocenigo	....
San Giorgio Maggiore	....
....	(0 ; 3)
....	(–3 ; 0)
....	(1 ; – 1,5)
....	(1 ; 2)

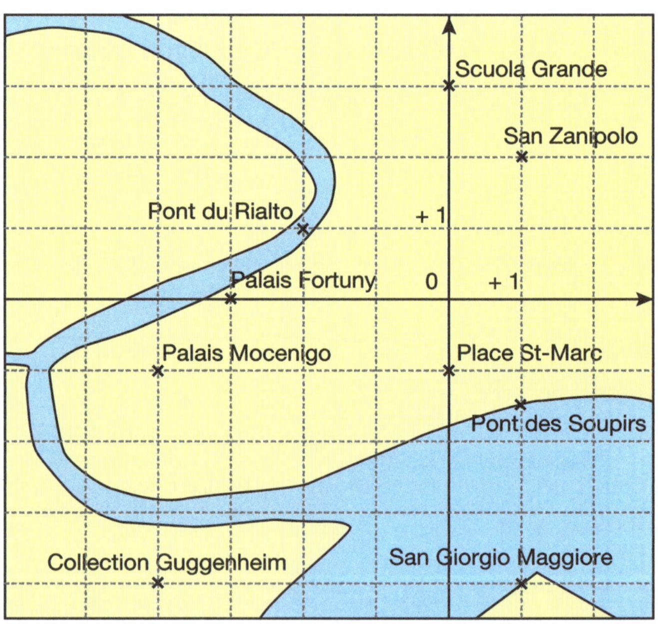

3 **Place sur la frise chronologique les lettres repère R, K, C et V correspondant aux dates ci-dessous.**

- R (1992) : sommet de la Terre à Rio.
- K (1997) : protocole de Kyoto.
- C (2002) : première infrastructure en Chine pour la production de biocarburants.
- V (2007) : vente des huiles végétales autorisée comme carburant agricole.

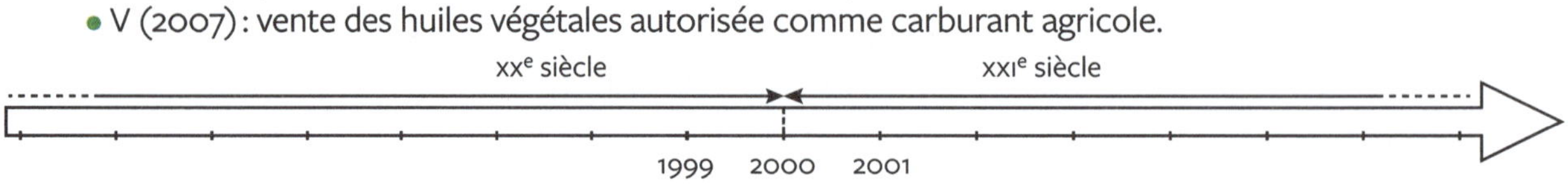

CORRIGÉS p. 92

Ajouter et soustraire des nombres relatifs

1 **Effectue les calculs suivants, en écrivant toutes les étapes.**

$A = -9 + (-10{,}2)$

$B = 4{,}8 + (-11)$

$C = -16 - (-15)$

$D = 24 - (-7) + (-10) - (+18) - (+12)$

Mini-Cours

- Pour additionner deux nombres de même signe, on garde le signe commun et on fait la somme des parties numériques.
Ex. : $A = (-5) + (-7) = -12$
- Pour additionner deux nombres de signes différents, on repère le nombre qui a la plus grande partie numérique et on garde son signe, puis on fait la différence des parties numériques.
Ex. : $B = (+5) + (-7) = -2$
- Pour soustraire un nombre, on additionne son opposé.
Ex. : $C = (+5) - (-7) = (+5) + (+7) = +12$
- Pour effectuer une suite d'additions et de soustractions, on transforme toutes les soustractions en additions de l'opposé.

2 On donne $x = -5$, $y = -6$, $z = 9$ et $t = -7$.
Calculez en écrivant toutes les étapes.

$A = x - y - z + t$

$B = x - (y - z + t)$

Indice

Quand tu remplaces x, y, z et t par les valeurs, n'oublie pas d'écrire les parenthèses pour les nombres négatifs et d'utiliser des crochets si nécessaire.

3 **a)** Un agriculteur a observé la baisse du prix à la tonne de certaines de ses productions. **Sachant que des subventions ont compensé cette baisse à hauteur de 2,9 %, calcule le pourcentage de baisse de revenus.**

	Blé tendre	Maïs	Colza
Baisse des prix en %	− 4,6	− 4,9	− 4,2
Baisse de revenus en %	…………	…………	…………

■ Source : RICA, d'après le modèle coûts de production INRA-INSEE-SCEES.

b) En 2010, cet agriculteur se lance dans la production de miscanthus pour la fabrication de biocarburant. La récolte de colza a été de 195 tonnes et celle de miscanthus de 52 tonnes. En 2011, il observe une évolution de − 37 tonnes pour le colza et de + 45 tonnes pour le miscanthus. **Calcule la récolte de colza et celle de miscanthus en 2011.**

CORRIGÉS p. 92

Anglais

Poser des questions

The fancy-dress party

ALEXIS – Where is the party taking place?

ANNA – At my friend's house, next door. But tell me, how do you want to dress?

ALEXIS – I don't know. Have you got any costumes for me?

ANNA – Yes, I have. Look at these costumes of Leprechauns! We often wear them on St Patrick's day.

ALEXIS – Who are Leprechauns?

ANNA – They are little mischievous Irish elves. Would you like to wear this?

ALEXIS – No, thanks, I'd prefer to look like a super hero!

(To be continued, p. 61)

- *to dress:* s'habiller
- *to wear:* porter (un vêtement)
- *an elf (pl. elves):* un lutin
- *mischievous:* espiègle, malicieux

Mini-Cours

- L'ordre des mots dans une question est : (mot interrogatif) + auxiliaire + sujet + verbe + ... ?
- Pour poser une question fermée (on y répond par oui ou par non), on commence par l'auxiliaire.
  Ex. : *Do you like parties?*
- Pour poser une question ouverte, on commence par un mot interrogatif : *what* (qu'est-ce que, quel), *who* (qui), *where* (où), *when* (quand), *why* (pourquoi), *whose* (à qui), *how old* (quel âge).
  Ex. : *What would you like to wear?*

1 À l'aide du dialogue, coche les bonnes réponses (plusieurs réponses possibles).

a) The party is taking place at:
☐ Anna's house ☐ Anna's friend's house

b) Anna has got costumes of:
☐ St Patrick ☐ Leprechauns
☐ super heroes

c) Leprechauns are:
☐ small ☐ tall ☐ St Patrick's friends
☐ Irish legendary creatures ☐ Anna's Irish friends

d) Alexis would like to dress as:
☐ an elf ☐ a Leprechaun
☐ a super hero

2 Complète les questions par le mot interrogatif qui convient.

a) "................ invited Anna?" – "Her friend Oriana."

b) "................ does she live?" – "In Dublin."

c) "................ are you doing tonight?" – "I'm going to the party."

d) "................ costume is that?" – "Anna's."

Indice
Tous ces mots interrogatifs commencent par « wh- ».

3 Lors de la soirée costumée, Alexis fait la connaissance de l'amie d'Anna.
À l'aide des réponses de la jeune fille, retrouve les questions d'Alexis.

"..?" – "My name's Oriana Dodding."

"..?" – "I am twelve and a half."

"..?" – "I was born in November."

"..?" – "Yes, I do. I love your costume!"

"..?" – "No, I wouldn't."

CORRIGÉS p. 92

Parler d'avenir

Anglais

On the way to the airport

ANNA – What are you going to do when you get back to France?

ALEXIS – I'm going to visit my grandparents. I like spending some time with them.

ANNA – When are you going to go?

ALEXIS – It depends. If my parents don't work, we'll probably leave soon. But if they work, we won't go immediately.

ANNA – Will you miss Dublin?

ALEXIS – Yes, I will. I'll miss Dublin, I'll miss you, you all... I will never forget my Irish holidays, you know!

(To be continued, p. 70)

- *to get back:* rentrer
- *to spend (time):* passer (du temps)
- *to leave:* partir, quitter
- *to miss:* manquer
- *I'll miss you all:* vous me manquerez tous
- *to forget:* oublier

1 **À l'aide du dialogue, coche les réponses correctes (plusieurs réponses sont parfois possibles).**

a) Today, Alexis is going to:
☐ take the train. ☐ leave Ireland. ☐ go back to France.

b) Later this summer, he's going to:
☐ visit Ireland. ☐ visit his friends. ☐ visit his grandparents.

c) He will miss : ☐ Anna. ☐ Anna's family. ☐ his family.

2 **Que va-t-il se produire ? Complète de façon logique en utilisant *be going to* et les verbes suivants : hug – cry – rain**

a) Alexis and Anna are sad. They ....

....

b) The sky over Dublin is grey. It ....

....

c) Alexis's parents are happy to see him back. They .... him tight.

Mini-Cours

- Pour parler de ses projets, de ce que l'on a l'intention de faire ou pour prédire que quelque chose va se produire à partir de ce que l'on voit, on utilise *be* (au présent) + *going to* (suivi de la base verbale).
Ex. : *I am going to visit my family. He isn't going to take the ferry. Are they going to cry?*
- Pour prévoir l'avenir, parler de ce qui se passera, on emploie l'auxiliaire modal *will* + base verbale. On peut l'utiliser aussi après une subordonnée de condition (au présent) introduite par *if* (si).
Ex. : *If I can, I will (= I'll) go back to Ireland soon. I won't (will not) stay here. Will you come with me?*

3 Ce qu'Anna et Quinton feront ou ne feront pas demain dépend du temps...
Complète les phrases à l'aide des illustrations.

a) If it is sunny tomorrow, Anna ....
to the swimming pool, and Quinton ....
football outside with his friends.

b) But if it rains, Anna ....
to the cinema, she .... a book.
Quinton .... a match on television,
he .... video games.

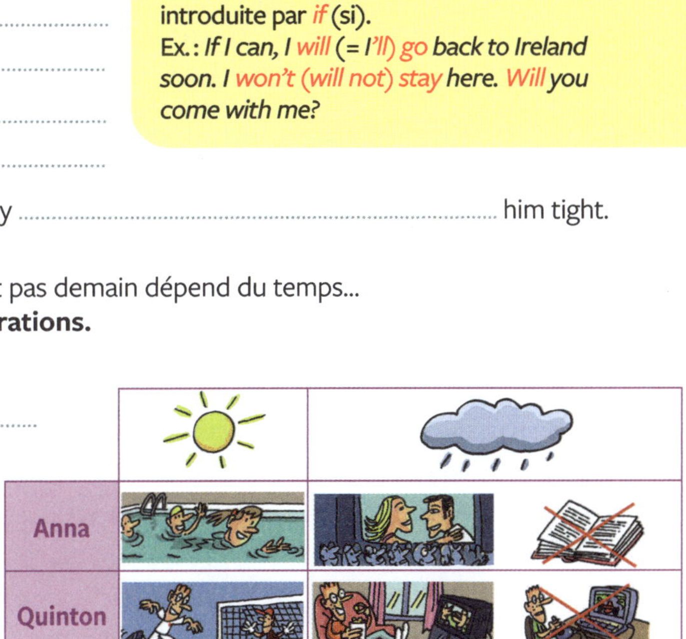

Histoire

Les grandes découvertes

Mini-Cours

- À la fin du xve siècle, Portugais et Espagnols veulent acheter les épices directement en Asie, sans passer par les marchands arabes. Les souverains financent de grandes expéditions maritimes.
- Les navigateurs sont motivés par le goût de l'aventure, l'espoir de découvrir de nouvelles terres, de convertir au christianisme des peuples nouveaux ainsi que par le désir de s'enrichir.
- Avec la découverte de l'Amérique, les richesses affluent en Europe. Toutefois, les Amérindiens sont décimés, victimes des mauvais traitements et des maladies importées par les Européens.

1 **Observe la carte puis complète la grille de mots croisés.**

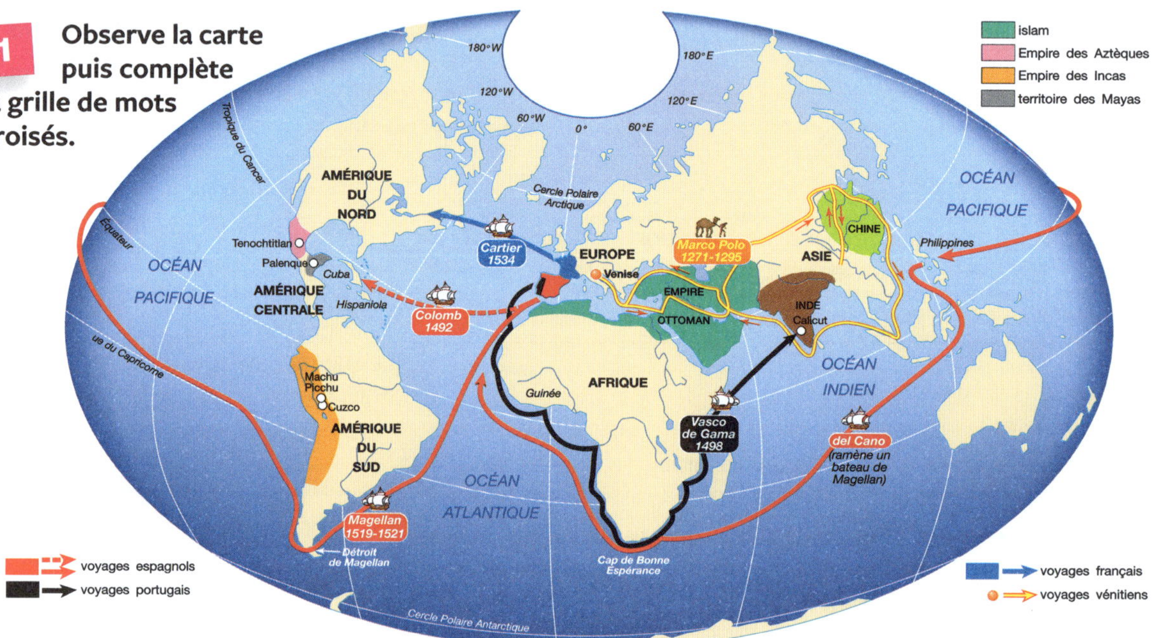

1. Le capitaine du seul bateau rescapé d'une expédition qui réalisa le premier tour du monde à la voile. **2.** Ce navigateur, à l'origine de ce premier tour du monde, ne survécut pas à une escale aux îles Philippines. **3.** Ce marin portugais fut le premier à atteindre les Indes en contournant l'Afrique. **4.** Au service du roi de France, ce marin parcourut l'embouchure du fleuve Saint-Laurent. **5.** Pour que le roi d'Espagne ait sa part des richesses de l'Inde, il a mis cap à l'Ouest, puisque la Terre est ronde !

2 **Cause et/ou conséquence des grandes découvertes ? Coche la bonne réponse.**

	Cause	Conséquence
a) Introduction de la culture de la pomme de terre en Europe.	☐	☐
b) Conversion de populations au christianisme.	☐	☐
c) Recherche de nouvelles routes maritimes pour se procurer des épices.	☐	☐
d) Enrichissement des ports européens de l'Atlantique (Séville, Lisbonne...).	☐	☐
e) Disparition de millions d'Amérindiens, victimes des Européens.	☐	☐
f) Conquête des premières colonies européennes.	☐	☐
g) De nouvelles cartes de la Terre.	☐	☐
h) Soif d'or et de richesses.	☐	☐

CORRIGÉS p. 92

Le circuit électrique

Mini-Cours

- Un montage électrique comporte au minimum un générateur et un récepteur. Les dipôles (générateurs et récepteurs) sont schématisés de la façon suivante :

fil	lampe	moteur	diode	DEL	résistance
		M			
pile	**générateur**	**interrupteur à bascule**		**interrupteur à poussoir**	
+ −	+ G −	ouvert	fermé	ouvert	fermé

- Dans un circuit, l'énergie électrique est convertie en énergie lumineuse, mécanique, etc.

1 **Schématise le montage photographié dans le cadre prévu à cet effet.**

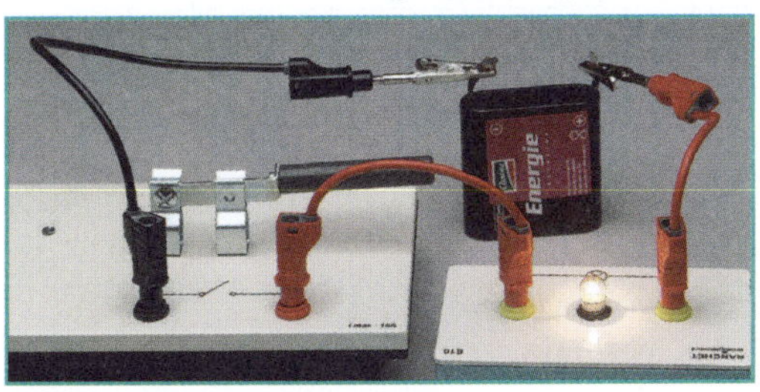

2 **Coche la bonne réponse.**

a) Quel dipôle est indispensable dans un circuit ?

☐ Un générateur ☐ Un moteur

b) Dans un circuit, le courant va :

☐ de la borne positive vers la borne négative

☐ de la borne négative vers la borne positive

c) Un circuit en série comporte :

☐ une boucle ☐ plusieurs boucles

d) Dans un circuit en dérivation, le fonctionnement d'un récepteur :

☐ dépend des autres récepteurs

☐ est indépendant des autres récepteurs

3 **Complète les diagrammes d'énergie du moteur et de la lampe à l'aide des termes suivants :**

énergie mécanique – énergie électrique (2 fois) – énergie lumineuse

→ Moteur → → Lampe →

....

....

CORRIGÉS p. 92

Check ! 6 questions pour vérifier que tu as retenu l'essentiel.

1 **Coche la fonction exacte des CC soulignés dans les phrases suivantes.**

	CC de lieu	CC de temps	CC de manière	CC de cause
a) Je voyage <u>pendant les vacances</u>.	☐	☐	☐	☐
b) Je bronze <u>à la plage</u> cet après-midi.	☐	☐	☐	☐
c) Je vais me baigner <u>parce que j'ai trop chaud</u>.	☐	☐	☐	☐

2 **Complète en utilisant des nombres de la liste ci-dessous :**
– 6 ; – 5,5 ; – 4,75 ; – 4,65 ; – 2 ; – 0,9 ; – 0,3.

$-4{,}7 <$ ……… $< -4{,}6$ $\qquad -1 <$ ……… $< -0{,}4$ $\qquad -5 <$ ……… < -4

3 **Complète, sachant que, dans une case, on trouve la somme des 2 cases situées au-dessus.**

+ 9,5	– 7	………
………	– 11	
………		

4 **Relie chaque question à la réponse qui convient.**

Do you like parties? •	• Yes, I would.
Where are you going? •	• Yes, I do.
Would you like to go to the party too? •	• To the party.

5 **Souligne la bonne réponse.**

Qu'a-t-il fallu découvrir pour que la pomme de terre soit cultivée en Europe ?

☐ l'Asie ☐ l'Amérique

6 **Vrai ou faux. Coche les bonnes réponses.**

	Vrai	Faux
a) Un circuit en série comporte au moins deux boucles.	☐	☐
b) Dans un circuit en série, les dipôles sont indépendants les uns des autres.	☐	☐
c) Dans un circuit comportant un générateur et deux lampes en dérivation, si une lampe grille, l'autre continue de briller.	☐	☐

CORRIGÉS p. 92

Énigme

> De l'avocat dans les biocarburants ?

Décrypte le message codé ci-dessous pour trouver le nom d'un biocarburant. Voici un indice : la clé du code est « avocat »...

R Y E J X Q D E B

ph © ThamKC / stock.adobe.com

Réponse : Bioéthanol (avocat : A = K, B = L, Q = A, etc.). Note que le bioéthanol se fait à partir de sucre ou de céréales, et non d'avocat !

Épisode 7

Zapping...

Août, le mois des pluies d'étoiles

L'été est la saison des nuits à la belle étoile. Ou plutôt « aux belles étoiles », tant le ciel offre aux astronomes en herbe un spectacle somptueux. En France métropolitaine, la première quinzaine du mois d'août est la période idéale pour observer les étoiles filantes. Il s'agit en réalité de morceaux d'astéroïdes ou de comètes qui, en entrant dans l'atmosphère terrestre, laissent une traînée lumineuse. Spectacle garanti, surtout si tu utilises un télescope ! Mais il te faudra choisir un poste d'observation en hauteur, loin des habitations et de leurs lumières, avec l'horizon dégagé vers le sud.

Pluie de météores devant la Voie Lactée. (ph © Craig Taylor Photo / stock.adobe.com)

Former les temps composés

Mini-Cours

Chaque temps composé est formé de l'auxiliaire (*être* ou *avoir*), conjugué à un temps simple, et du participe passé du verbe à conjuguer.

1 **Pour chaque phrase, coche l'infinitif du verbe en couleur puis le temps composé auquel il est conjugué.**

a) On aura vu l'éclipse de lune.

Infinitif : ☐ voir ☐ avoir vu

Temps : ☐ conditionnel passé ☐ passé composé ☐ futur antérieur

b) Les éclipses de soleil ont beaucoup inquiété les peuples de l'Antiquité.

Infinitif : ☐ inquiéter ☐ s'inquiéter

Temps : ☐ plus-que-parfait ☐ passé composé ☐ passé antérieur

c) Lors d'une éclipse, les Égyptiens avaient cru que le soleil était mort.

Infinitif : ☐ croire ☐ croître

Temps : ☐ passé antérieur ☐ plus-que-parfait ☐ passé composé

Astuce

Pour trouver l'infinitif d'un verbe conjugué à un temps composé, regarde son participe passé.

2 Regarde bien le modèle ci-dessous : dans le cadre, l'infinitif du verbe et la personne à laquelle il est conjugué ; au centre de l'étoile, son participe passé ; au bout de chaque branche, l'auxiliaire correspondant à un temps composé.

Complète les schémas à partir des éléments donnés.

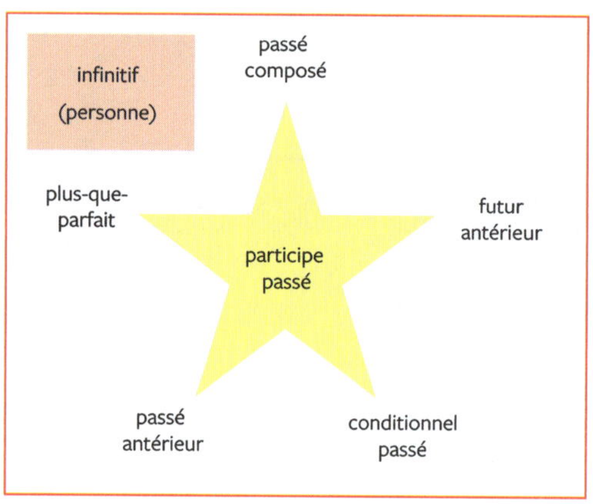

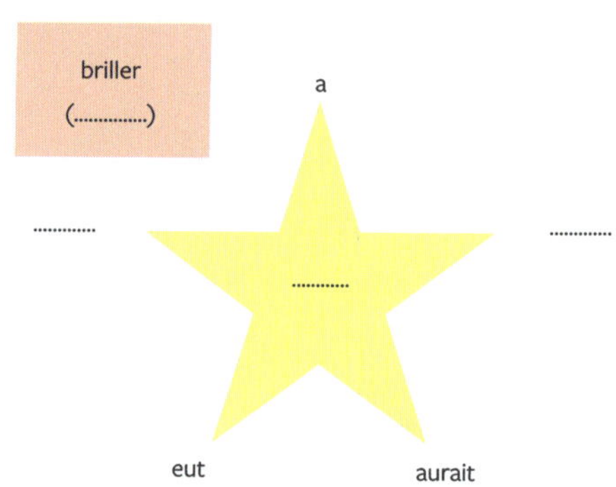

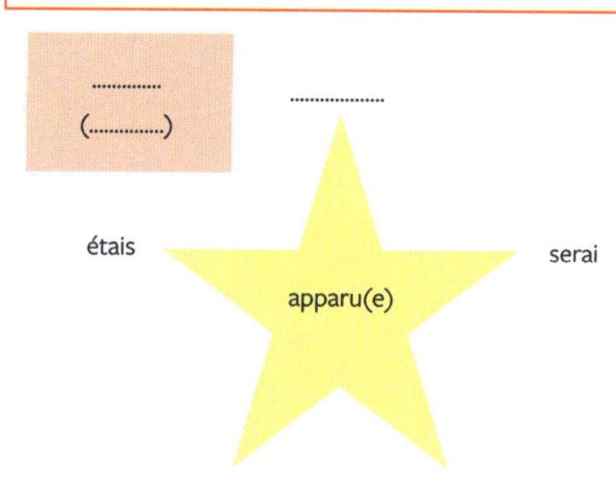

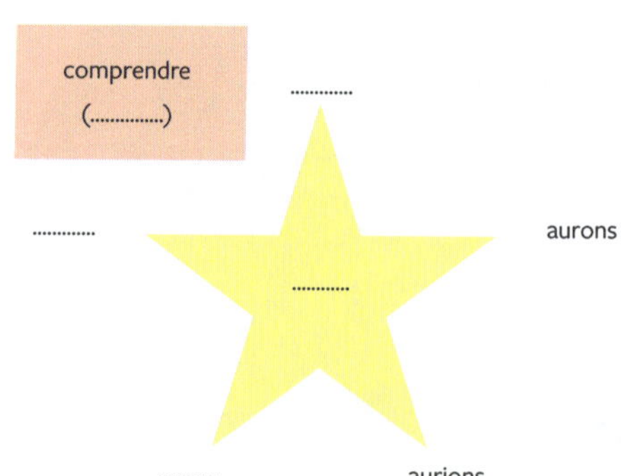

CORRIGÉS **p. 93**

Accorder un participe passé si nécessaire

Mini-Cours

- Le participe passé conjugué avec l'auxiliaire être s'accorde en genre et en nombre avec le sujet.
- Le participe passé conjugué avec l'auxiliaire avoir ne s'accorde pas avec le sujet mais il s'accorde avec le COD si celui-ci est placé avant le verbe conjugué.

Ex : Les télescopes ont détecté des étoiles. Ils les ont rendues visibles aux hommes.

- Le participe passé sans auxiliaire s'accorde comme un adjectif.

1 **Replace les groupes nominaux de la liste en fonction du sens de la phrase et de l'accord du participe passé.**

Les astronomes – La lumière d'une étoile – Le faible éclat de certaines étoiles

a) .... sera perçue sur Terre même après sa mort !

b) .... est dû à leur éloignement.

c) .... qui ont inventé les télescopes ont utilisé des lentilles énormes.

2 **Corrige les trois erreurs d'accords dans ce texte.**

Notre galaxie est appelé la Voie lactée. L'origine de son nom est lié au mythe de Jupiter qui, voulant rendre son fils Hercule immortel, décida de le nourrir du lait de Junon. Le lait, s'échappant du sein de Junon, aurait alors donnée naissance à la Voie Lactée.

1. .... *2.* .... *3.* ....

3 **Les accords dont vous êtes le héros ! Commence au n° 1 et trouve les bons accords.**

1. Les étoiles filantes sont souvent perçu....... comme des porte-bonheur.

Si tu écris -es, va au n° 3. Si tu écris -s, va au n° 5.

2. Le Soleil est si brillant qu'il a empêché....... nos yeux de voir les autres étoiles.

Si tu écris -é, va au n° 6. Si tu écris -és, va au n° 7.

3. Ce phénomène lumineux est produit par des débris qui ont perdu....... leur énergie.

Si tu écris -u, va au n° 8. Si tu écris -us, va au n° 6.

4. Bravo ! Tous tes accords sont bons.

5. La Terre est continuellement bombardé....... par des débris cosmiques.

Si tu écris -é, va au n° 9. Si tu écris -ée, va au n° 6.

6. Tu as fait une erreur, recommence au début.

7. Tu as fait deux erreurs, recommence au début.

8. Les étoiles nous ont entouré....... toute la journée.

Si tu écris -é, va au n° 6. Si tu écris -és, va au n° 4.

9. Copernic a introduit l'idée que la Terre a toujours tourné....... autour du Soleil et non l'inverse.

Si tu écris -ée, va au n° 10. Si tu écris -é, va au n° 7.

10. Tu as fait 3 erreurs. Tu es dans un trou noir ! Recommence au début.

CORRIGÉS p. 93

Maths

Écrire une équation, tester une égalité

Mini-Cours

- Une égalité est une affirmation qui comporte le signe =. Elle peut être vraie ou fausse. Pour tester une égalité, on calcule séparément les 2 membres de l'égalité puis on compare les résultats obtenus.
- Une équation est une égalité où figure une inconnue généralement désignée par une lettre. Une valeur de l'inconnue pour laquelle l'égalité est vraie est une solution.

1 **a) Complète le tableau pour les différentes valeurs de x.**
b) Complète les phrases avec « vraie » ou « fausse ».

Valeurs de x	$5x - 3$	$14{,}5 - 2x$
$x = 1{,}5$	....	....
$x = 2$	....	....
$x = 2{,}5$	....	....

Pour $x = 1{,}5$, l'égalité $5x - 3 = 14{,}5 - 2x$ est ....

Pour $x = 2{,}5$, l'égalité $5x - 3 = 14{,}5 - 2x$ est ....

c) Complète la phrase.

Une solution de l'équation $5x - 3 = 14{,}5 - 2x$ est ....

2 Dans cet exercice, les longueurs sont données en centimètres.
a) Exprime en fonction de x :

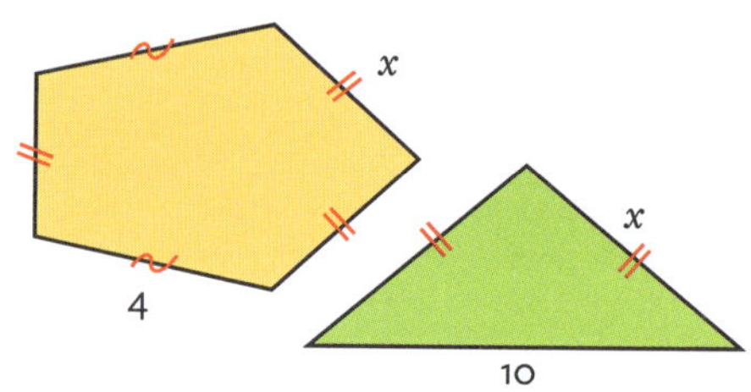

– le périmètre P_1 du polygone : ....

– le périmètre P_2 du triangle : ....

b) Calcule mentalement les deux périmètres pour :

- $x = 1 \rightarrow P_1 =$ .... ; $P_2 =$ ....
- $x = 2 \rightarrow P_1 =$ .... ; $P_2 =$ ....
- $x = 3 \rightarrow P_1 =$ .... ; $P_2 =$ ....

c) Pour quelle valeur a-t-on $P_1 = P_2$? Que peut-on en conclure ?

....

....

3 Quand la Terre rencontre le fleuve de poussières laissé par une comète, on assiste à une pluie d'étoiles filantes. Cette année, les étoiles filantes observées pendant 4,6 heures au mois d'août, appelées Perséïdes, et les étoiles filantes observées pendant 2,6 heures au mois de décembre, appelées Géminides, sont tombées à raison de x étoiles par heure.

a) Exprime en fonction de x le nombre total d'étoiles, noté N, tombées en août et en décembre.

....

b) Sachant qu'il est tombé environ 360 étoiles, détermine le nombre d'étoiles tombées par heure.

☐ 30 ☐ 40 ☐ 50

CORRIGÉS p. 93

Reconnaître des solides, calculer des volumes

Mini-Cours

- Un prisme droit est un solide qui a deux faces polygonales parallèles et superposables : les bases. Les autres faces sont des rectangles, appelées faces latérales.

Perspective 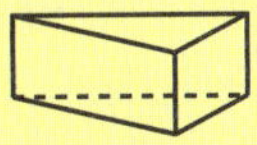 *Patron* 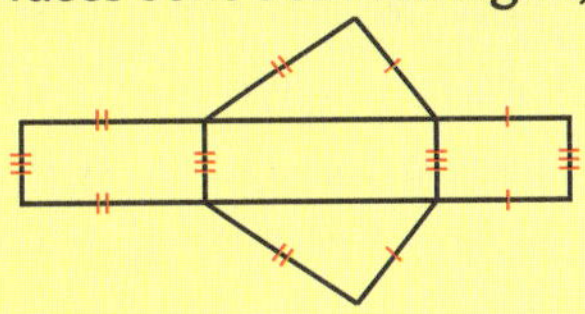

- **Volume V des solides**

Parallélépipède rectangle

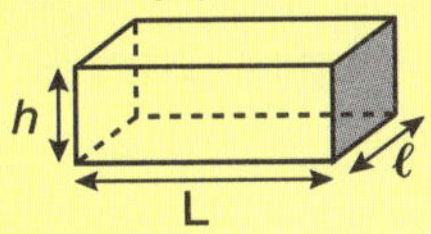

Volume = L × ℓ × h

Prisme droit

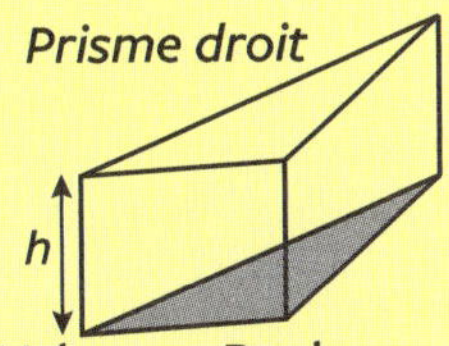

Volume = B × h
(B est l'aire de la base),

Cylindre

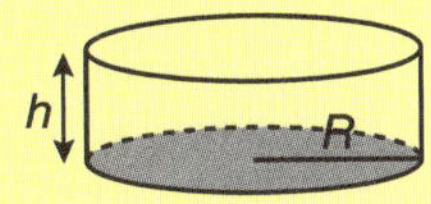

Volume = B × h = π × R² × h
(B est l'aire de la base)

- **Unités de volume**

1 m³ = 1 000 dm³ 1 dm³ = 1 000 cm³ 1 cm³ = 1 000 mm³ 1 L = 1 dm³

1 **Construis le patron** d'un prisme droit de hauteur de 2,5 cm et dont l'une des bases est un parallélogramme ABCD, dont trois des quatre sommets sont les points A, B et C de la figure ci-contre.

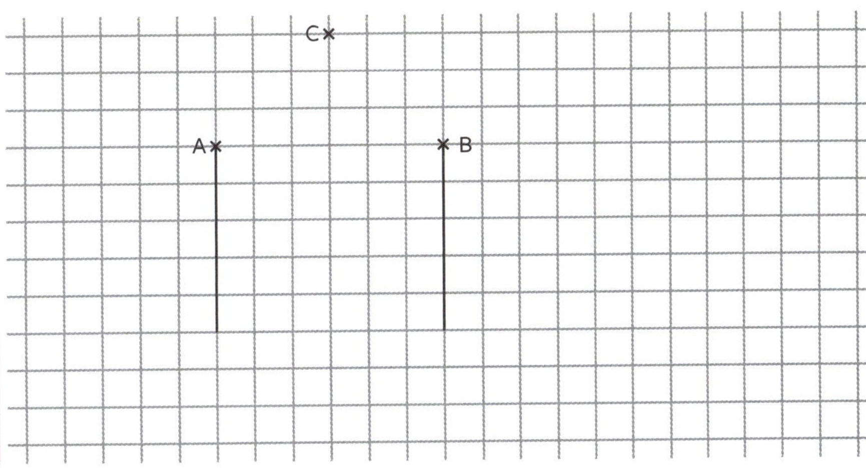

Astuce

Pense à reporter les mesures de ta base pour construire les faces latérales.

2 **La massette de maçon est constituée :**
– d'un cylindre de diamètre 30 mm et de hauteur 250 mm ;
– d'un parallélépipède rectangle de longueur 80 mm, de largeur 38 mm et de hauteur 36 mm.

a) Calcule le volume V1 du cylindre. Arrondis au mm³ près.

....

b) Calcule le volume V2 du parallélépipède rectangle. Arrondis au mm³ près.

....

c) Quel est le volume V de la massette en mm³ ? en dm³ ?

....

3 La fusée européenne Ariane 5 a mis en orbite un satellite dont le réservoir de carburant a la forme d'un prisme droit à base triangulaire, représenté ci-contre. **Calcule son volume V en cm³, puis en litres, sachant que CD = 150 cm, BC = 50 cm et AH = 40 cm.**

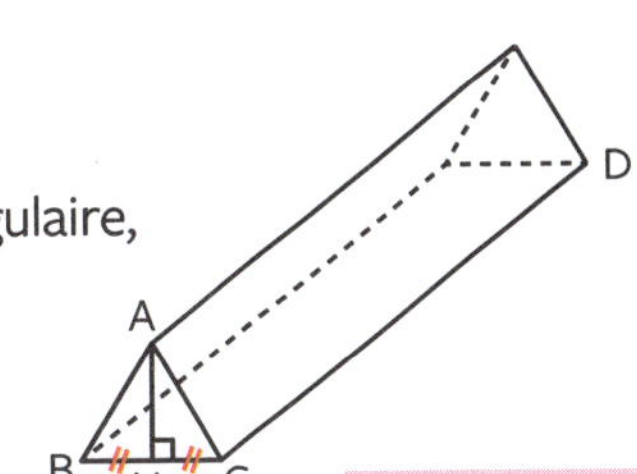

....

CORRIGÉS p. 93

Anglais

Prononcer les sons difficiles

What's wrong with your accent?

ANNA (*answering the phone*) – Hello! Anna speaking!

ALEXIS – Hello, Anna! It's me... I just wanted to tell you I'm back in France. I'm with my parents and my brother at the airport.

ANNA – But... what's wrong with your pronunciation of the letter *r*? *France, parents, brother, airport*... you now say these words with a French accent!

ALEXIS – Is it that bad?! Well, I suppose it's because I'm not in Ireland anymore... Anyway, I'd like to thank you, your mother and father for the great time I had in Dublin.

ANNA – You must come back soon, you can't say *th* anymore! Repeat after me: "Thank your mother and father..." Being in France is bad for you!!

(To be continued, p. 71)

- *that bad:* si mauvais
- *not... anymore:* ne... plus
- *anyway...:* (ici) bref, bon...
- *soon:* bientôt

Mini-Cours

- Beaucoup de sons anglais n'existent pas en français et rendent certains mots difficiles à prononcer. Ainsi, le *th*, le *r*, le *h* et les voyelles posent souvent problème.
- Certaines lettres ne se prononcent pas du tout... et, à une même graphie ne correspond pas toujours un même son. Quand on apprend un mot, il faut donc apprendre sa prononciation.

1 ***th*** **correspond à deux prononciations légèrement différentes. Écoute les mots classés dans le tableau puis raye dans chaque liste les trois intrus dans lesquels *th* se prononce différemment.**

/θ/ comme dans *thank* (plus proche du /s/)	/ð/ comme dans *mother* (plus proche du /z/)
think – this – theatre – they – theory – mouth – clothes	that – teeth – these – other – month – brother – healthy

2 Les mots ci-dessous comportent tous au moins une lettre qui ne se prononce pas. **Écoute puis raye les lettres que tu n'entends pas.**

KNOW ANSWER LISTEN SHOULD HALF KNIGHT
CASTLE WRITE ISLAND CUPBOARD WEDNESDAY

3 a peut notamment se prononcer /ei/ comme dans « cake », /æ/ comme dans « cat », /ɔː/ comme dans « walk », /ɑː/ comme dans « car ».
Écoute chaque mot puis coche le signe qui correspond à ce que tu entends.

hat	☐/ei/	☐/æ/	☐/ɔː/	☐/ɑː/
make	☐/ei/	☐/æ/	☐/ɔː/	☐/ɑː/
small	☐/ei/	☐/æ/	☐/ɔː/	☐/ɑː/
dark	☐/ei/	☐/æ/	☐/ɔː/	☐/ɑː/
fat	☐/ei/	☐/æ/	☐/ɔː/	☐/ɑː/
father	☐/ei/	☐/æ/	☐/ɔː/	☐/ɑː/

Indice

Le symbole /ː/ indique que le son voyelle est long.

CORRIGÉS p. 93

Accentuer et mettre l'intonation

Music to my ears

ALEXIS – You're probably right, being in France is bad for my English... but I can't go back to Ireland immediately!

ANNA – Ok! But if you forget about the rhythm of English, just give me a ring or talk to me on Skype! I think we should think of a secret sentence to help you remember the rhythm of English. What about "Anna's English is music to my ears"? Every beat corresponds to an important word... and "Anna" is the most important one, of course!!

ALEXIS (*laughing*) – I'll remember that! I'll call you again soon... Bye, Anna! "Your English is music to my ears!"

(To be continued, p. 80)

- *to be right*: avoir raison
- *to forget*: oublier
- *soon*: bientôt
- *give me a ring*: appelle-moi
- *a sentence*: une phrase
- *a beat [music]*: un rythme

1 Les mots suivants sont transparents à l'écrit mais sont souvent difficiles à comprendre à l'oral en raison de leur accentuation.
Écoute-les puis souligne la syllabe accentuée. Entraîne-toi ensuite à les prononcer.

ORANGE – IMPORTANT – PATIENT – ADORABLE – PYJAMAS – CULTURE

Indice

Si tu cherches la phonétique (prononciation) dans un dictionnaire, tu verras ' devant la syllabe accentuée.
Ex. : holiday /ˈhɒlɪdeɪ/ → la première syllabe est accentuée.

Mini-Cours

- En anglais, chaque mot de plus d'une syllabe contient une syllabe accentuée.
- Dans une phrase, les mots lexicaux importants (noms, verbes, adjectifs) sont accentués.
- Dans les phrases déclaratives ou les questions commençant par un mot interrogatif (*where, who...*), l'intonation est descendante, mais elle est montante dans les *yes/no questions*.

2 **a) Écoute les mots suivants puis souligne leur syllabe accentuée.**

UNITY – NATIONALITY – ELECTRICITY – EQUALITY – GENERALITY

b) Que peux-tu dire de la place de l'accent tonique dans les mots contenus dans le suffixe *-ity* ?

....

3 **Prononce ces phrases à voix haute et coche la case en fonction de l'intonation montante (↗) ou descendante (↘). Vérifie ensuite à l'écoute.**

a) What is Anna doing at the moment?	☐ ↗	☐ ↘
b) Is she playing a video game?	☐ ↗	☐ ↘
c) Alexis spent his holidays in Dublin.	☐ ↗	☐ ↘
d) Did he like Dublin?	☐ ↗	☐ ↘
e) What a beautiful language!	☐ ↗	☐ ↘

Géographie

S'adapter au changement global

Mini-Cours

- La notion de changement global désigne les modifications affectant la planète, comme le réchauffement climatique ou la forte croissance démographique. Les activités humaines en sont en grande partie responsables.
- La vulnérabilité des populations face à la pollution et à la multiplication des phénomènes dangereux ainsi que la diminution des espèces vivantes obligent les sociétés à chercher des solutions.
- De grandes conférences (COP21, COP27...) réunissent des chefs d'État et des réalisations concrètes voient le jour.

1 **Relie chaque manifestation du changement global à la solution mise en œuvre pour en limiter les effets.**

Manifestations du changement global

1. Diminution de la surface des terres cultivables. •
2. Multiplication des événements climatiques extrêmes (cyclones...). •
3. Déforestation. •
4. Augmentation des polluants dans l'atmosphère. •
5. Élévation du niveau des mers. •
6. Désertification. •

Solutions mises en œuvre

- Projet d'immeuble anti-smog pour capter le CO_2 et améliorer la qualité de l'air à Paris.
- Création de « fermes verticales » comme à Vancouver (Canada) sur le toit d'un parking.
- Construction de maisons flottantes aux Pays-Bas.
- Plantation de mangrove dans l'archipel des Tuvalu (océan Pacifique) pour limiter l'effet des cyclones.
- En Afrique, entre le Sénégal et l'Éthiopie, plantation d'une muraille verte contre l'avancée du Sahara.
- Installation de téléphones portables recyclés qui détectent les coupes illégales dans les forêts d'Indonésie par l'ONG Rainforest Connection.

2 **Reporte sur le planisphère les numéros correspondant aux lieux cités dans l'exercice 1.**

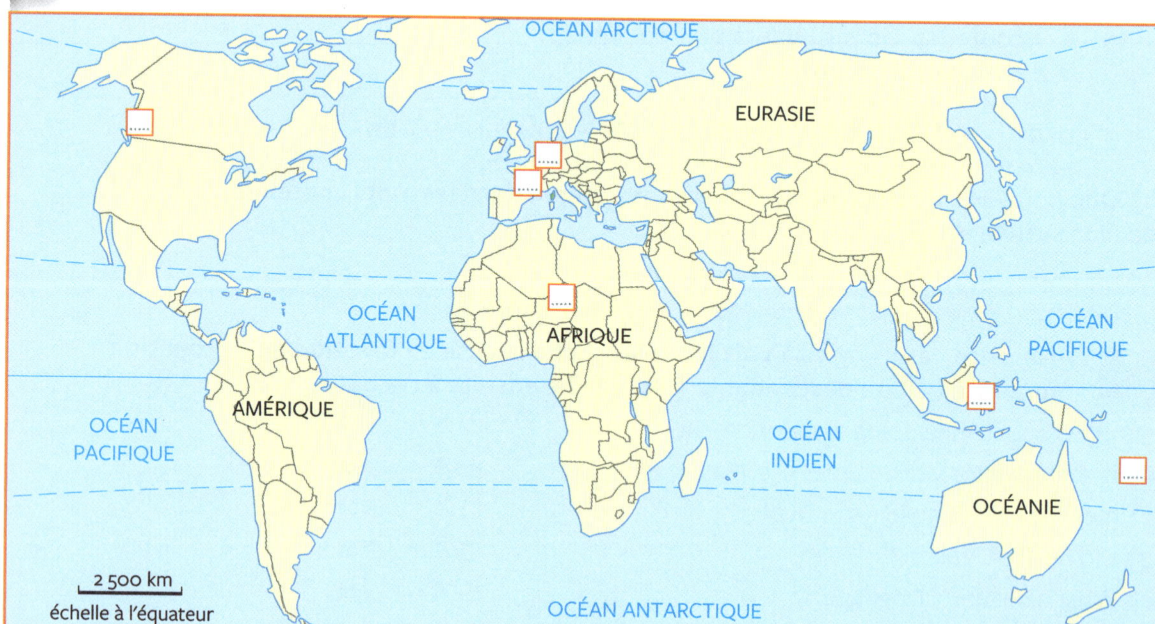

CORRIGÉS p. 94

Utiliser l'énergie éolienne

Mini-Cours

- L'énergie éolienne est l'énergie produite par le mouvement du vent. C'est une énergie renouvelable car sa source, le vent, est inépuisable.
- Elle est utilisée depuis le Moyen Âge pour moudre le grain à l'aide de moulins à vent. Les matériaux utilisés pour construire les mécanismes étaient alors le bois et l'acier.
- Aujourd'hui, des matériaux plus résistants et plus légers permettent de construire des éoliennes de grande taille qui produisent de l'électricité verte, c'est-à-dire sans pollution.

1 **Complète le descriptif avec les mots suivants :**

batteries – rotation – transformer – courant électrique – hélice – générateur – vent

Une éolienne est composée d'une ...., ou turbine, actionnée par le ....
Sur son axe est monté un .... dont le rôle est de ....
le mouvement de .... en ....
Suivant son utilisation, le courant peut être réinjecté dans le réseau électrique national ou converti en courant continu pour recharger des ....

2 **Pour chaque modèle d'éolienne, précise si son axe de rotation est vertical ou horizontal.**

Éolienne Darrieus	Éolienne tripale	Éolienne Savonius	Éolienne hélicoïdale	Éolienne bipale
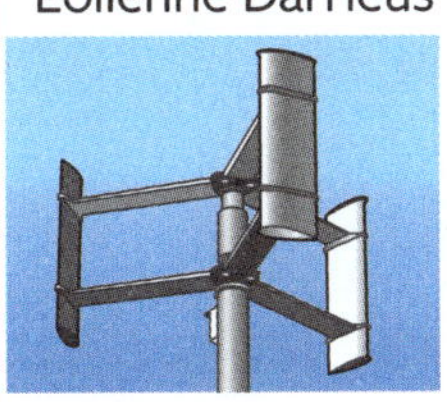		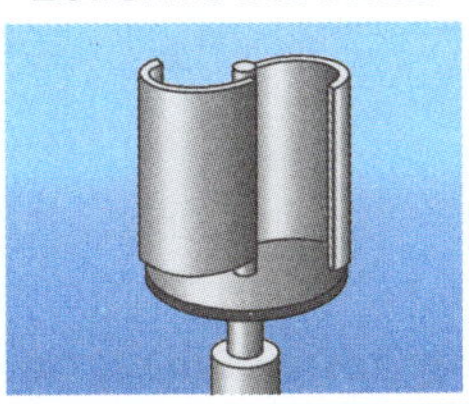	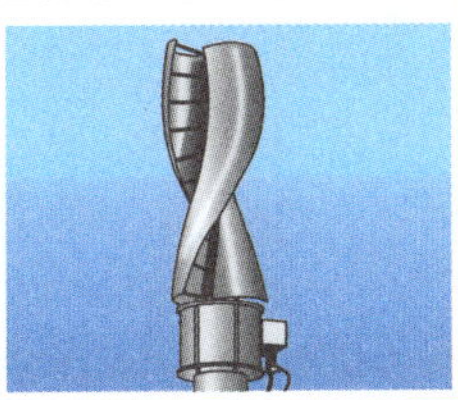	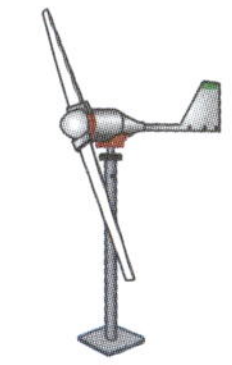
....	....	....	....	....

3 **La partie mobile d'une éolienne s'appelle :** ☐ le rotor ☐ le stator

4 Dans la nacelle des grandes éoliennes tripales, on trouve souvent un multiplicateur, composé d'engrenages, dont le rôle est d'augmenter la vitesse de rotation de l'axe du générateur par rapport à celle du rotor.
Quelle configuration est la plus adaptée à cette fonction ?

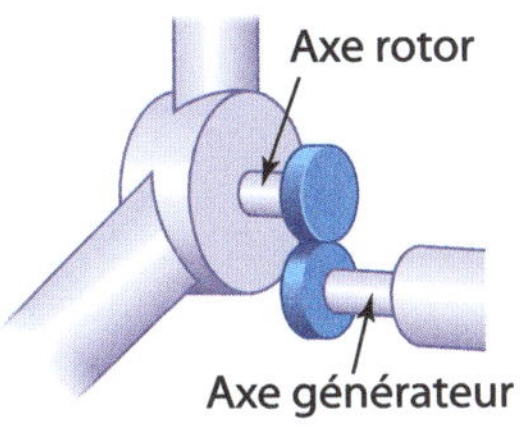

Exemple

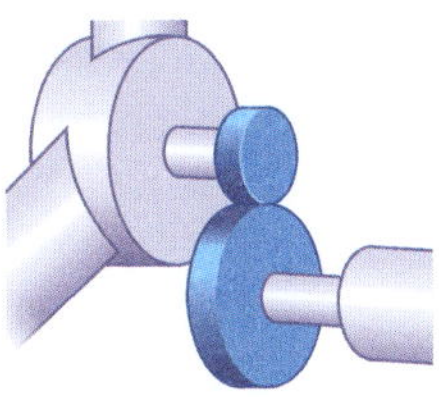
☐ A

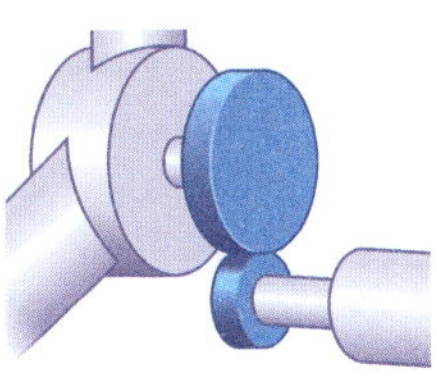
☐ B

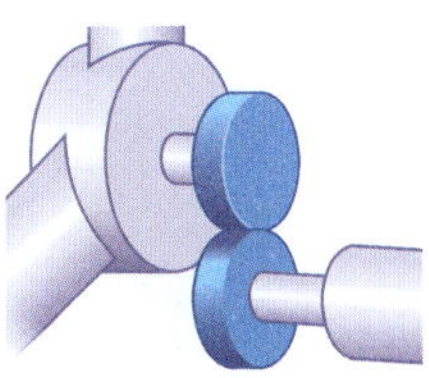
☐ C

Check ! 6 questions pour vérifier que tu as retenu l'essentiel.

1 **Conjugue la phrase ci-dessous au temps composé demandé.**
J'ai réussi à le convaincre.

1. Plus-que-parfait : ....

2. Futur antérieur : ....

2 **Coche la bonne orthographe de chaque participe passé.**

1. Elle a ☐ perdu ☐ perdue son collier dans le sable.

2. Caroline et Sébastien sont ☐ venu ☐ venue ☐ venus ☐ venues l'aider à le chercher.

3. Ce sont en fait les lunettes qu'elle avait ☐ égaré ☐ égarée ☐ égarées la veille qu'ils ont ☐ retrouvé ☐ retrouvée ☐ retrouvés ☐ retrouvées.

3 **Coche la bonne réponse.**

a) Le volume d'un parallélépipède rectangle de dimensions 4 cm, 3 cm et 6 cm est :
☐ 13 cm^3 ☐ 26 cm^3 ☐ 72 cm^3

b) La hauteur d'un prisme droit de volume 38 cm^3 et d'aire de base 4 cm^2 est :
☐ 34 cm ☐ 42 cm ☐ 9,5 cm

c) Le volume d'un cylindre de diamètre 2 cm et de hauteur 5 cm est d'environ :
☐ 62,8 cm^3 ☐ 31,4 cm^3 ☐ 15,7 cm^3

4 **Coche la transcription phonétique (prononciation) correcte parmi les 3 propositions.**

a) castle	☐ **1.** /'kɑːsl/	☐ **2.** /'kɑːstl/	☐ **3.** /'keisl/
b) theatre	☐ **1.** /'sɪətə/	☐ **2.** / 'ðɪətə/	☐ **3.** /'θɪətə/
c) listen	☐ **1.** /'lɪsən/	☐ **2.** /'lɪstn/	☐ **3.** /'leistn/
d) write	☐ **1.** /ɹi :t/	☐ **2.** /ɹaɪt/	☐ **3.** /vɹaɪt/

5 **En cas de pic de pollution dans les grandes villes, on incite les gens à :**

☐ vendre leur voiture

☐ ne pas prendre leur voiture pour aller travailler

☐ ne pas aller travailler

6 **Coche la bonne réponse.**

Une éolienne fonctionne grâce : ☐ à l'eau ☐ au vent ☐ au soleil ☐ au charbon

CORRIGÉS **p. 92**

À plusieurs

> Lune de jour

Matériel : une feuille et un crayon.

1. Trois jours d'affilée, quand le ciel est dégagé, matin et soir, les joueurs cherchent dans le ciel une lune de jour.
2. Chaque jour, celui qui la trouve en premier fait un vœu.
3. Chaque joueur dessine la lune de jour qu'il a découverte en précisant si c'est une pleine lune, une demi-lune ou un quart de lune.

Épisode 8

Zapping...

Qui a inventé Internet ?

Internet a au moins deux « papas ». En 1974, l'informaticien américain Vint Cerf relie deux réseaux distincts : un réseau militaire, ARPANET, et un réseau scientifique, CSNet. C'est la naissance d'Internet, abréviation de *interconnected network* (« réseau interconnecté »).

En 1998, le Britannique Tim Berners-Lee a l'idée d'appliquer à Internet le principe de l'« hypertexte » : relier entre eux plusieurs éléments, pour passer de l'un à l'autre en un clin d'œil. Il crée alors le World Wide Web, une « toile » d'araignée mondiale qui connecte des textes, images, vidéos... L'Internet moderne est né !

Vint Cerf aux Webby Awards, New York, 2004. (ph © Stephen Lovekin / Getty-Images)

Rapporter des paroles

Mini-Cours

- Dans un récit, le discours direct permet de rapporter les paroles des personnages telles qu'elles ont été prononcées. On le repère par la ponctuation (guillemets, tirets...).
Ex. : « J'ai découvert un nouveau site de jeux vidéo en réseau ! » s'exclama Jules.
- Les paroles rapportées au discours indirect sont intégrées au récit. Elles figurent dans une proposition subordonnée introduite par un verbe de parole.
Ex. : Jules s'exclama qu'il avait découvert un nouveau site de jeux vidéo en réseau.

1 **Complète les phrases avec les verbes de parole suivants, puis indique si les paroles sont rapportées au discours direct ou indirect.**

ajoute – demande – explique – répond

a) L'ingénieur .... que les ordinateurs fonctionnent grâce à un système de nombres binaires, des 0 et des 1. → discours ☐ direct ☐ indirect

b) « Que signifie bits ? » .... l'étudiant. → discours ☐ direct ☐ indirect

c) « Bits est une abréviation de *binary digits*, signifiant chiffres binaires », ... son professeur. → discours ☐ direct ☐ indirect

d) Il .... que ces deux chiffres sont combinés de façon à former des codes.
→ discours ☐ direct ☐ indirect

2 **Replace les paroles de Jeanne et Willy dans les bulles de la bande dessinée. Tu devras au préalable transformer au discours direct les phrases données.**

a) Jeanne s'interroge sur ce que signifie www.
b) Willy lui répond que cela veut dire World Wide Web.
c) Jeanne lui demande comment il l'a su.
d) Willy lui indique qu'il est passé par un moteur de recherche.

3 **Réécris ces phrases au discours indirect.**

a) « Quelle est la différence entre mail et courriel ? » demande Jeanne.

Jeanne demande ....

b) « Je sais ! dit Willy. Dans les deux cas, ajoute-t-il, c'est un courrier électronique. »

Willy dit .... Il .... que dans les deux cas, c'est un courrier électronique.

c) « Et toi, tu sais créer ton propre site ? » demande Jeanne.

....

CORRIGÉS p. 94

Écrire un dialogue

Mini-Cours

◉ Dans un récit, on peut trouver des passages de dialogue qui rendent le texte plus vivant. Un dialogue débute et se termine par des guillemets. Chaque changement de locuteur est marqué par le passage à la ligne et la présence d'un tiret.

◉ Les verbes de parole indiquent qui parle et sur quel ton. Ils sont placés soit à la fin des paroles soit insérés à l'intérieur.

1 **Ajoute la ponctuation dans les cadres et les verbes de parole qui conviennent.**

conclut – demande – s'inquiète – propose – répond – reconnaît

[.....] J'aimerais m'inscrire sur Facebook mais je n'ai pas envie que ma vie privée devienne publique, ... Jeanne.

[.....] Pourquoi avoir peur si tu personnalises tes paramètres de confidentialité ? .... Willy.

[.....] Je ne sais pas comment faire, ... Jeanne.

[.....] Eh bien, tu t'inscris en choisissant les profils qui auront accès à ton mur, lui .... Willy, rassurant.

[.....] Et je suis sûre de rester discrète sur mes informations personnelles ? ....-t-elle.

[.....] Normalement oui, si tu choisis bien tes amis, [.....] .... Willy.

2 **Remets le dialogue dans l'ordre en numérotant de 1 à 5 les différentes étapes. Souligne en vert les paroles de Willy et en rouge celles de Jeanne.**

[.....] – Mais où as-tu alors trouvé ce film que tu m'as envoyé ?

[.....] – Tu as bien fait. Au moins tu ne risques ni amende ni prison. »

[.....] – Non, je sais très bien que c'est interdit.

[.....] « C'est un film piraté que tu me proposes ? Tu l'as téléchargé illégalement ! reproche Jeanne à Willy.

[.....] – Je suis allé sur un site de téléchargement légal où je ne l'ai payé que quelques euros.

Indice

Les guillemets d'ouverture et de fermeture t'indiquent déjà le début et la fin du dialogue.

3 **Complète le dialogue suivant en conjuguant les verbes de parole au passé simple.**

« J'utilise Discord depuis hier, (raconter) .... Jeanne. Il est très facile à utiliser, je peux dialoguer avec quelqu'un grâce à la webcam de ma tablette.

– Quelle bonne idée ! (s'exclamer) .... Willy.

– Tu as une bonne résolution ? (demander) .... Jeanne. Celle de ma webcam n'est pas extraordinaire.

– Ça va, j'ai une résolution correcte, (répondre) .... Willy. Je peux même zoomer !

– Lorsque je suis dans une conversation privée, est-ce que d'autres personnes peuvent me voir ? (renchérir) .... Jeanne.

– Non, ce n'est pas possible, (dire) .... Willy.

CORRIGÉS p. 94

Maths

Représenter et traiter des données statistiques

Mini-Cours

L'effectif d'une donnée est le nombre de fois où cette donnée apparaît dans une série. La fréquence d'une donnée est le quotient de son effectif par l'effectif total. La fréquence est souvent donnée en pourcentage.

Ex : *Dans une commune, 276 enfants sur 600 partent en vacances. La fréquence des enfants qui partent en vacances est de 276 ÷ 600 = 0, 46 soit 46 %* $\left(0{,}46 = \frac{46}{100}\right)$.

Un diagramme permet de visualiser rapidement une situation. Les plus courants sont les diagrammes en bâtons, les histogrammes, les diagrammes circulaires ou semi-circulaires et les diagrammes cartésiens.

1 **Un journal savoyard a publié, un 29 août, les bilans météo suivants.**

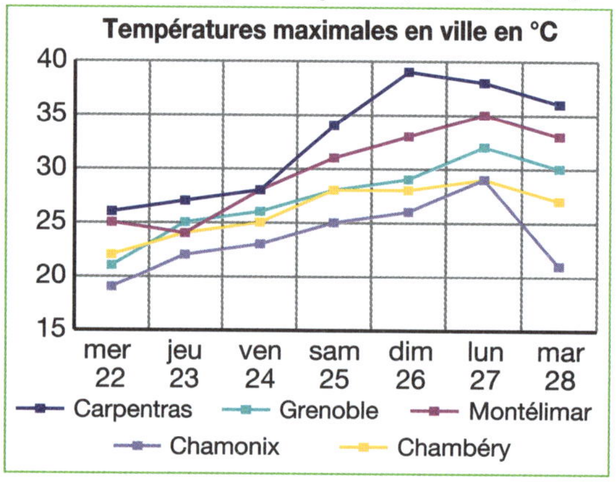

1) Quelle température a-t-il fait le 25 août à Grenoble ? ....

2) Quelle a été la température minimale le 28 août ? ....

3) Quelle a été la température maximale à Carpentras ? ....

Indice
- *minimal = « plus petit »*
- *maximal = « plus grand »*

2 Une enquête a été réalisée sur le temps passé devant une tablette par 80 enfants en vacances.
a) Calcule le nombre d'enfants qui ont passé entre 1 et 2 heures par jour devant une tablette, puis complète le tableau.

....

Temps T (en heures)	0 ≤ T < 1	1 ≤ T < 2	2 ≤ T < 3	3 ≤ T < 4
Nombre d'enfants	15	....	27	20

b) Construis le diagramme en bâtons correspondant au tableau.

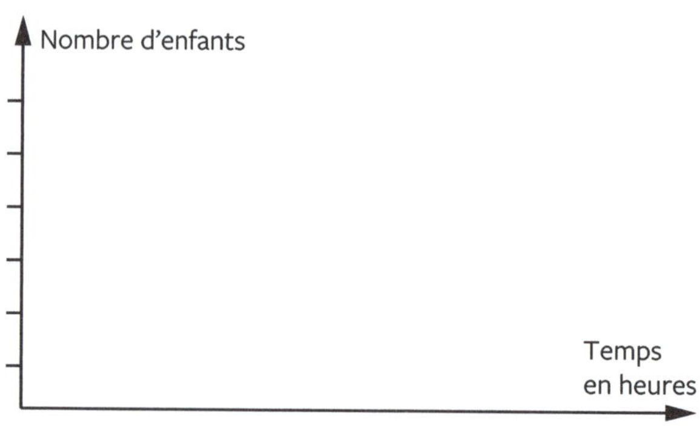

CORRIGÉS p. 95

Comprendre la notion de probabilité

Mini-Cours

- Lorsque l'on lance un dé, on ne connaît pas le résultat à l'avance, c'est une expérience aléatoire. Les résultats possibles sont 1, 2, 3, 4, 5 ou 6 : on les appelle des issues.
- Au jeu de dé, on peut par exemple essayer d'obtenir un nombre pair : il s'agit d'un événement (ici composé de plusieurs issues).
- On parle d'équiprobabilité lorsque chaque issue a la même chance de se produire. Dans cette situation la probabilité d'un événement est alors égale à :

$$\frac{\text{nombres d'issues favorables}}{\text{nombre d'issues possibles}}$$

1 On jette simultanément une pièce de monnaie et un dé à 6 faces.

a) Écris la liste des issues.

....

b) Quelle est la probabilité d'obtenir face et un nombre impair ?

....

c) Quelle est la probabilité d'obtenir pile et le nombre 5 ?

....

d) Quelle est la probabilité d'obtenir pile et/ou le nombre 5 ?

....

2 On lance un dé à 12 faces numérotées de 1 à 12.

a) Quelle est la probabilité d'obtenir un nombre :

– strictement plus grand que 8 ? ....

– strictement plus grand que 13 ? ....

– strictement plus petit que 6 ? ....

b) Quelle est la probabilité d'obtenir un nombre pair ?

....

c) Quelle est la probabilité d'obtenir un nombre impair multiple de 3 ? ....

3 Sur la plage, Léa et son frère ont transformé le parasol familial en roue de loterie. Ils le font tourner et le parasol s'arrête sur l'un des secteurs de couleur.

Quelle est la probabilité d'obtenir :

a) un nombre impair ? ....

b) un secteur jaune ? ....

c) un secteur bleu ? ....

d) un secteur rouge ? ....

e) un nombre pair sur un secteur jaune ? ....

f) un nombre pair sur un secteur rouge ? ....

CORRIGÉS p. 95

Anglais

Comprendre un document audio (1)

A present for Alexis

ANNA – Quinton, can you help me? Alexis's birthday is next week and I'd like to send him a present... but I don't know what to buy. Any idea?

QUINTON – What about something typically Irish? I know... a sheep!

ANNA – Ah! Ah! Very funny! But I'd like to send the present through the post!

QUINTON – Well, then a mug with Irish sheep or... Leprechauns on it?

ANNA – Why not? You know what? I know where to find the perfect Irish gift. Come with me to the souvenir shop!

Écoute la suite sur le document audio.

- *a present, a gift:* un cadeau
- *to send:* envoyer
- *I'd like:* j'aimerais
- *a sheep (pl. sheep):* un mouton
- *through the post:* par la poste

Mini-Cours

- Avant l'écoute, anticipe le sens général du document à l'aide des éléments qui te sont donnés (titre, image...).
- Écoute d'abord l'ensemble de l'enregistrement, sans rien noter. À l'issue de cette première écoute, tu dois au moins avoir compris qui parle et de quoi.
- Pour cela, prête attention aux mots accentués [→p. 71]. Si tu les mets en relation, tu comprendras l'essentiel.

1 **Anticipe et prépare-toi à comprendre le document audio en lisant le dialogue ci-dessus : observe le titre (*A present for Alexis*) et son illustration.**

a) Où penses-tu que l'action va se passer ?

- ☐ chez Anna et Quinton
- ☐ dans un pub irlandais
- ☐ à la poste
- ☐ dans un magasin de souvenirs
- ☐ au musée des Leprechauns

b) Que t'attends-tu à entendre ?

- ☐ la fin de cette discussion
- ☐ un discours d'Alexis
- ☐ une conversation d'Anna avec un(e) vendeur / vendeuse
- ☐ un documentaire sur les Leprechauns

2 **Écoute** d'abord l'ensemble du document audio puis vérifie les hypothèses que tu as émises dans l'exercice 1. **Réponds brièvement** (en français) aux questions suivantes.

a) Qui parle ? ....

b) De quoi parlent-ils ? ....

Indice

- *to look for:* chercher
- *a sweater:* un pullover
- *on sale:* en soldes
- *size:* la taille
- *a receipt:* un ticket de caisse

3 **Écoute et souligne dans la liste, au fur et à mesure, les mots que tu entends.**

Irish – British – give – gift – absent - present – best friend – best man – mugs – bus – cones – Leprechauns - pool – cool – wool – sweater – sweat – sweets – expensive – extensive – cheap – cheaper – glass – nice – white – T-shirts – shirts – grey - green – sale – sold – Greg – craic – black – dark – blue – eyes – size - friend – end – sell – part – pay – cash – lash – receipt – repeat – sheep

CORRIGÉS p. 95

Comprendre un document audio (2)

What about living in Ireland?

QUINTON – Anna, do you know if Alexis is happy to be back in France? Do you think he'd like to come back and live in Ireland?

ANNA – Well, I can't answer that... Why are you asking?

QUINTON – There is a great programme on the radio about Ireland... I think he should listen to it.

ANNA – Well, I'll tell him when I talk to him on Skype. I'm sure he can find the programme on the Internet... What's its name?

QUINTON – 'Why you should move to Ireland'.

Écoute la suite sur le document audio.

- *to be back:* être de retour
- *he'd like:* il aimerait
- *to move:* déménager
- *he should listen to it:* il devrait l'écouter

1 **Observe le titre, l'illustration et lis le dialogue ci-dessus. Écoute ensuite l'ensemble du document audio.**

a) De quel type de document s'agit-il ?

....

b) Qui parle ? ....

c) De quoi parle-t-il ? ....

....

d) Dans quel but ? ....

....

Mini-Cours

Il est normal de ne pas comprendre les détails d'un document audio dès la première écoute. Pour affiner ta compréhension lors des écoutes suivantes, tu peux :

– identifier les noms de lieu, de nationalité et de personnes ;

– relever les dates, les nombres et autres informations numériques ;

– être attentif au ton de ceux qui parlent.

2 **Écoute encore le document audio puis complète le tableau en fonction de ce que tu entends sur l'Irlande. Aide-toi des informations relevées plus haut.**

In a recent survey (*enquête*) dated	☐ Ireland was crowned (*couronnée*) the best country in the world out of 125 countries. ☐ Ireland was sorry to leave a group of 125 countries. ☐ the journalist crossed the Atlantic Ocean to go to Ireland.
Ireland is...	☐ one country, two islands. ☐ one island, two countries. ☐ the Republic of Ireland only. ☐ the Republic of Ireland and part of the United Kingdom. ☐ the United Kingdom and part of the Republic of Ireland. ☐ called the Emerald Isle. ☐ called the other island.
Irish people are...	....
In Irish pubs, you can have / find...	– .... – .... – (= fun in Irish) : ....
The journalist's conclusion:	....

CORRIGÉS p. 95

Histoire

Le roi en France aux XVIe et XVIIe siècles

Mini-Cours

- **François Ier** (1494-1547) agrandit le domaine royal et impose l'usage du français pour tout acte administratif. Il fait construire des châteaux et invite à sa cour des artistes italiens, tel Léonard de Vinci.
- **Henri IV** (1553-1610) met fin aux guerres de religion qui déchirent la France. Il choisit lui-même ses ministres et rétablit l'autorité royale.
- **Louis XIV** (1638-1715) incarne la monarchie absolue de droit divin : le pouvoir et la vie de cour s'organisent à Versailles autour du « Roi-soleil ».

1 **Connais-tu le nom du système politique qui donne le pouvoir à un roi ?**

....

2 Voici trois rois de France avec leurs dates de règne.
Colorie chaque étiquette de la couleur du roi auquel les informations correspondent.

François Ier (1515-1547)
© RMN-Grand Palais/Michel Urtano

Henri IV (1589-1610)
© Josse/Leemage

Louis XIV (1661-1715)
© Prisma/Leemage

Le château de Versailles

Le château de Chambord

« Nous voulons dorénavant que tous les arrêts, registres, enquêtes, contrats, testaments et autres actes de justice soient prononcés, enregistrés et délivrés en français et non autrement. »
Ordonnance de Villers-Cotterêts, 1539.

« Sa Majesté défend par cet édit d'exercer publiquement cette religion (réformée) et ordonne que tous les temples soient démolis. »
Édit de Fontainebleau, 1685.

« Nous permettons à ceux de la religion réformée de vivre en tous lieux de notre royaume sans être vexés, brutalisés, ni obligés d'agir contre leur conscience. »
Édit de Nantes, 1598.

3 **Complète les phrases avec le nom d'un des trois rois.**

a) Il règne 54 ans : ....

b) Il est assassiné par un catholique fanatique en 1610 :

....

c) Il est fait prisonnier après une défaite militaire en 1525 : ....

Petite info

Le règne de Louis XIV est tellement long qu'à sa mort, c'est son arrière-petit-fils qui lui succède sous le nom de Louis XV.

CORRIGÉS p. 96

Les sources de lumière

Mini-Cours

- La lumière est un phénomène qui se propage, en ligne droite, depuis une source jusqu'à un récepteur.
- Il existe deux types de sources : les sources primaires et les objets diffusants. Les sources primaires émettent la lumière qu'elles produisent. Les objets diffusants ne produisent pas de lumière : ils absorbent une partie de la lumière qu'ils reçoivent et diffusent l'autre partie dans toutes les directions.
- Pour être vu, un objet doit diffuser de la lumière, il doit donc être éclairé.

1 **Associe chaque source de lumière à son type : source primaire ou objet diffusant.**

lave •		• comète
lac •	• Source primaire •	• éclair
pomme •		• écran d'ordinateur éteint
stylo •	• Objet diffusant •	• bougie
étoile •		• miroir

2 **Quel schéma représente correctement le trajet de la lumière ?**
Coche la bonne réponse.

1. ☐

2. ☐

3 **Vrai ou faux ?**
Coche la bonne réponse.

	Vrai	Faux
1. Le miroir produit de la lumière.	☐	☐
2. A voit le 10 de cœur.	☐	☐
3. A voit le 7 de trèfle.	☐	☐
4. B voit la lampe.	☐	☐
5. B voit le 10 de cœur.	☐	☐
6. B voit le 7 de trèfle.	☐	☐

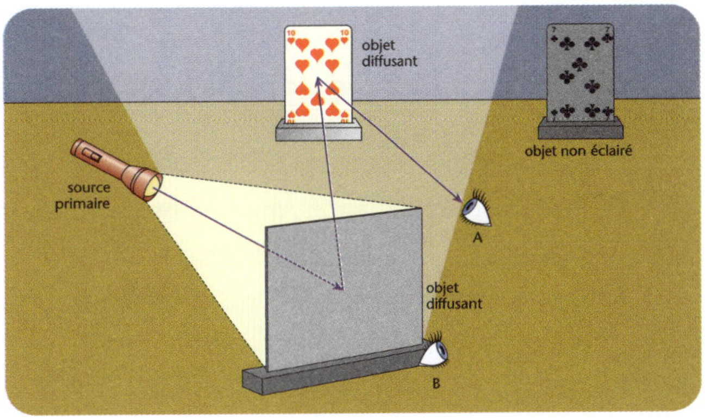

4 **Complète le texte à l'aide des mots suivants :**

recevoir – propage – source primaire – diffuse – émet – objet diffusant

Une source de lumière qui .... la lumière qu'elle produit est une ....

Une source de lumière qui .... la lumière qu'elle reçoit est un ....

Pour voir un objet, l'œil doit .... de la lumière provenant de cet objet. Dans un milieu homogène, la lumière se .... en ligne droite.

CORRIGÉS p. 96

Check ! *6 questions pour vérifier que tu as retenu l'essentiel.*

1 **Relie les phrases au discours direct à leur équivalent au discours indirect.**

« Il fait chaud. » •	• Elle dit qu'il faisait chaud.
« Il fait chaud ? » •	• Elle dit qu'il fait chaud.
« Il faisait chaud. » •	• Elle demande s'il fait chaud.

2 **Complète les phrases suivantes par le verbe de parole qui convient parmi les quatre proposés : demanda – s'exclama – regretta – sanglota**

a) « Je meurs de chaud ! » ....-t-elle.

b) « Les vacances sont trop courtes », ...-t-elle.

3 **Lors d'une enquête sur les bonbons préférés des ados, on obtient les résultats suivants : réglisse (10 %), fraises Tagada (30 %), chamallows (22 %), sucettes (13 %), chewing-gums (25 %). Complète la légende du diagramme circulaire :**

1. avec le nom des bonbons ;

2. avec la valeur des angles du diagramme (50 % de 360° = 180°).

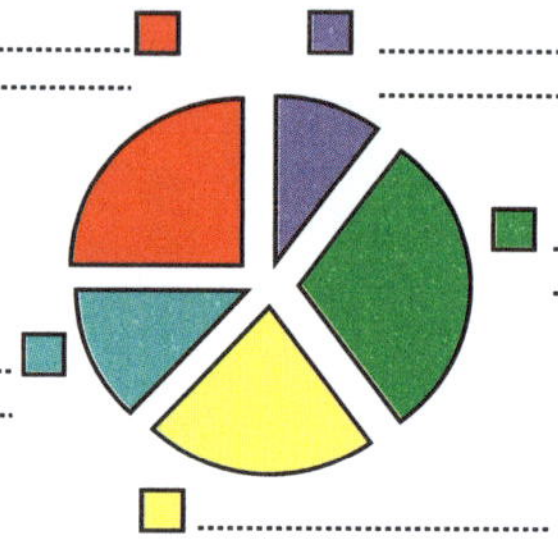

4 Voici des conseils pour comprendre un document audio, mais attention, ces conseils sont dans le désordre. **Remets-les dans l'ordre en les numérotant de 1 à 5.**

.... Relève les mots accentués pour affiner ta compréhension.

.... Avant l'écoute, anticipe et prépare-toi.

.... Note de plus en plus de détails, complète tes notes ou les exercices demandés.

.... Repère le type de document, le nombre de voix, le sujet du document.

.... Écoute l'ensemble du document sans rien noter.

5 **Quel roi de France a reçu le peintre Léonard de Vinci ?**

☐ Louis IX ☐ François Ier ☐ Henri IV ☐ Louis XIV

6 **Parmi les sources suivantes, quels sont les objets diffusants ? Coche la bonne réponse.**

☐ une luciole ☐ la planète Mars ☐ un cahier ☐ une manette de jeu

☐ la flamme d'une bougie ☐ une paire de ciseaux

CORRIGÉS **p. 92**

Enquête en ligne

> La première page web

La première page web de l'Histoire a été mise en ligne le 13 novembre 1990. Tel un monument, celle-ci a été conservée dans les archives d'Internet.

Pour voir quel aspect avait cette page, rends-toi sur le site : **http://info.cern.ch/hypertext/WWW/TheProject.html**.

Combien cette première page web comportait-elle de liens ?

Réponse : La page comportait vingt-cinq liens.

FRANÇAIS (p. 6)

1. inquiétant → silence • grande → tour • éberlués → gardes • déterminé → geste • vieux → portrait • gros → bouton • rouge → bouton

2. a) E • **b)** E ; Att • **c)** App

3.

E	L	D	N	B	I	M	C	E	T	A
S	C	O	U	R	T	O	I	S	O	G
C	O	U	R	A	G	E	U	X	S	I
R	E	M	U	V	E	R	L	A	I	L
T	A	N	H	E	R	O	I	Q	U	E

FRANÇAIS (p. 7)

1. Je décrochai de vieilles peintures du mur.

2. des fondations → résistantes • une enceinte → double • le logis → seigneurial • des remparts et un donjon → élevés • des boulets de pierre → destructeurs

3. a) double ; entourée ; larges ; profonds • **b)** morts • **c)** directe ; prolongé • **d)** incendiaires ; solides

4. Adjectifs se rapportant à *châteaux* : robustes, imprenables, surélevés.
Adjectifs se rapportant à *arme* : défensive, dissuasive, inoffensive.

MATHS (p. 8)

1. 77 - 29 est la différence de 77 et 29 ;
77 et 29 sont les termes de la différence.
41 × 12 est le produit de 41 par 12 ; 41 et 12 sont les facteurs du produit.
275 ÷ 12 est le quotient de 275 par 12 ; 275 est le dividende et 12 est le diviseur.

2. $A = (7 \times 1{,}5) - (12 \div 2{,}4)$
$A = 7 \times 1{,}5 - 12 \div 2{,}4$
$A = 10{,}5 - 5$
$A = 5{,}5$

$B = 300 - (81 + 1) + (50 \times 3)$
$B = 300 - (81 + 1) + 50 \times 3$
$B = 300 - 82 + 150$
$B = 218 + 150 = 368$

$C = 1\,000 \times [100 - (10 + 1)]$
$C = 1\,000 \times [100 - 11]$
$C = 1\,000 \times 89$
$C = 89\,000$

3. a) $N = 4 \times 5 + 7 \times 18 + 11 \times 3 + 6$
b) $N = 4 \times 5 + 7 \times 18 + 11 \times 3 + 6$
$N = 20 + 126 + 33 + 6$
$N = 185$

MATHS (p. 9)

1. a) $\widehat{AIB}$ et $\widehat{IJD}$ → correspondants et égaux • $\widehat{BIC}$ et $\widehat{AIB}$ → supplémentaires • $\widehat{CIJ}$ et $\widehat{IJD}$ → alternes-internes et égaux • $\widehat{AIB}$ et $\widehat{EJF}$ → égaux • **b)** $\widehat{AIB}$ et $\widehat{CIJ}$, $\widehat{BIC}$ et $\widehat{AIJ}$, $\widehat{IJE}$ et $\widehat{DJF}$, $\widehat{IJD}$ et $\widehat{EJF}$

2. a) $\widehat{BIC} = 110°$ car $\widehat{AIB}$ et $\widehat{BIC}$ sont supplémentaires donc $\widehat{BIC} = 180° - 70°$
b) $\widehat{IJE} = 110°$ car $\widehat{IJE}$ et $\widehat{BIC}$ sont correspondants : ils sont donc égaux
c) $\widehat{DJF} = 110°$ car $\widehat{DJF} = \widehat{IJE}$ car ils sont opposés par le sommet.

3. a) Les angles $\widehat{BAC}$ et $\widehat{ACD}$ sont égaux car ils sont alternes-internes et les droites (AB) et (DC) sont parallèles, ABCD étant un rectangle.
b) Les angles $\widehat{ACB}$ et $\widehat{ACD}$ sont complémentaires.
c) $\widehat{ACB} = 90° - \widehat{ACD}$ or $\widehat{ACD} = \widehat{BAC} = 24°$
Donc $\widehat{ACB} = 90° - 24° = 66°$

ANGLAIS (p. 10)

1. Alexis is at the airport. • He is phoning. • He is going through customs. • He can see Anna.

2. a) is ; isn't ; is • **b)** are ; aren't • **c)** are ; am not

3. is standing • is waiting • is reading • are sitting • are watching

ANGLAIS (p. 11)

1. a) in the evening • **b)** one sister ; one brother • **c)** one brother

2. a) G • **b)** is • **c)** has • **d)** has

3. a) his • **b)** her • **c)** their • **d)** your • **e)** our

HISTOIRE (p. 12)

1. Le monothéisme est la croyance en un dieu unique.

2.

	Charlemagne	Haroun al-Rachid
Titre	roi (puis empereur)	calife
Capitale	Aix-la-Chapelle	Bagdad
Religion	chrétien	musulman

3. a) un voyage que l'on fait vers un lieu saint pour des raisons religieuses • **b)** Jérusalem

4. ELEPHANT

PHYS.-CHIMIE (p. 13)

1. a) la quantité de matière d'un corps • **b)** d'une balance • **c)** le kilogramme

2. a) figure 3 • **b)** V = 94 mL

3. Épée 1 : $\rho = 2{,}7$ g/cm³ • Épée 2 : $\rho = 7{,}2$ g/cm³ • Épée 3 : $\rho = 10{,}5$ g/cm³
L'épée qu'il doit choisir est l'épée n° 2.

Check ! (p. 14)

1. Il fallait cocher : jolie, aimable et lisible.
2. Connue dans le monde entier, la ville de Paris est une des plus belles villes d'Europe. Elle est traversée par la Seine et plusieurs petits canaux.
3. A = 28 • B = 6 • C = 29 • D = 0
4. a) His brother is younger. • **b)** Their car is grey.
5. Charlemagne

6.

Masse	C'est la quantité de matière d'un corps, elle s'exprime en kilogrammes.
Volume	C'est la place qu'un corps occupe dans l'espace, il s'exprime en mètres cubes.
Masse volumique	C'est la masse d'un centimètre cube d'une substance, elle s'exprime en grammes par centimètre cube.

ÉPISODE 2

FRANÇAIS (p. 16)

1. a) Le récit est rédigé à la première personne du singulier. • **b)** L'action se situe sur un canot de sauvetage. • **c)** passé simple.
2. 1 un ouvre-boîte • 2 ses ongles • 3 ses dents • 4 des crochets
3. a) Le narrateur a soif. → situation initiale
b) Il trouve une canette mais ne sait pas comment l'ouvrir. → élément perturbateur
c) Il cherche un ouvre-boîte sans succès. Il essaye donc avec ses ongles. → péripétie
d) Il réussit à faire un trou grâce aux crochets de la toile. → élément de résolution
e) Il calme / apaise / étanche sa soif. → situation finale

FRANÇAIS (p. 17)

1. a) marital (pas le même radical)
b) empoisonneur (pas le même radical)
c) aliment (pas de suffixe)
2. a) paresseusement ; tranquillement
b) L'adjectif *vaporeux* est formé sur le radical vapeur à l'aide du suffixe « eux ». Il signifie « qui est formé de vapeur ».
3. a) océanique • **b)** inattaquable • **c)** essoufflement • **d)** accoster (*radical côte*) • **e)** nageoire • **f)** ensablement
4.

Nom	Adjectif	Adverbe	Verbe
largeur	large	largement	élargir
chaleur	chaud	chaudement	(ré)chauffer
lenteur	lent	lentement	ralentir
courage	courageux	courageusement	encourager
profondeur	profond	profondément	approfondir

MATHS (p. 18)

1.

Le double de n : $2 \times n$ ou $2n$	Le triple de n : $3 \times n$ ou $3n$	Le carré de n : $n \times n$ ou n^2
La moitié de n : $n \div 2$ ou $\frac{n}{2}$	Le quart de n : $n \div 4$ ou $\frac{n}{4}$	Le produit de 25 par n : $25 \times n$ ou $25n$
Le nombre entier précédant n : $n - 1$	Le nombre entier suivant n : $n + 1$	Le quotient de la somme de n et 7 par 12 : $(n + 7) \div 12$ ou $\frac{n+7}{12}$

2. a) $3a$ • **b)** $3 + 4a$ • **c)** x^2 • **d)** $8a - 5x$
3. a) dans le bracelet : $4n$; dans le collier : $4n + 75$; dans la parure : $n + 4n + 4n + 75 = 9n + 75$
b) $9n + 75 = 9 \times 12 + 75 = 108 + 75 = 183$
4. $V = \frac{\pi}{6} H^3$
$V = \pi \div 6 \times 7 \times 7 \times 7 \approx 180$ soit 180 cm³.

MATHS (p. 19)

1. b) L'angle 1 mesure 50°. • L'angle 2 mesure 61°. • L'angle 3 mesure 69°.
c) S = 50 + 61 + 69 = 180 • Le résultat est normal, car la somme des angles d'un triangle est égale à 180°.
2. La somme des angles d'un triangle est égale à 180° donc :
$\widehat{BAC} = 180° - (\widehat{ABC} + \widehat{ACB})$
$\widehat{BAC} = 180° - (72° + 49°)$
$\widehat{BAC} = 180° - 121°$ soit $\widehat{BAC} = 59°$
3. a) [AO] est la bissectrice de $\widehat{CAB}$ donc $\widehat{OAB} = \widehat{CAB} \div 2 = 48° \div 2$, soit $\widehat{OAB} = 24°$ • **b)** [BO) est la bissectrice de $\widehat{ABC}$ donc $\widehat{OBA} = \widehat{OBC} = 38°$, soit $\widehat{OBA} = 38°$ • **c)** Dans le triangle AOB, $\widehat{OAB} + \widehat{OBA} + \widehat{AOB} = 180°$; $\widehat{AOB} = 180° - (24° + 38°) = 180° - 62°$ soit $\widehat{AOB} = 118°$

ANGLAIS (p. 20)

1. a) there were ; there is • **b)** there was • **c)** there is ; there are
2. a) Sport store • **b)** Tom's house • **c)** Car park • **d)** B & B • **e)** Fountain • **f)** Anna's house.

ANGLAIS (p. 21)

1. a) large • calm • in Dublin • bigger than Hyde Park
b) wild animals
2. more populated • younger • wetter • sunnier • hotter.
3. Comparatifs : better, rainier, prettier, taller, shier, farther, hotter, later • Superlatifs : best, nicest, shortest, wildest, latest, best. • Anna is the kindest girl in the world (kind: gentil, gentille).

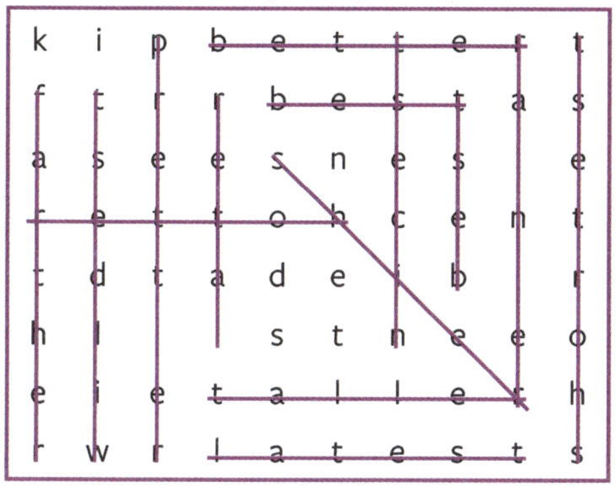

GÉOGRAPHIE (p. 22)

1. a) Mali • **b)** Finlande • **c)** Mali • **d)** Finlande
2. a) cause • **b)** conséquence • **c)** conséquence • **d)** cause/conséquence
3. Réponses **a)**, **b)** et **d)**.

SVT (p. 23)

1. a) Le revêtement lisse et imperméable assure un meilleur confort de circulation pour les véhicules.
b) Les espaces séparant les pavés permettaient à l'eau de pluie de s'infiltrer dans le sol. Le revêtement actuel, imperméable, entraîne le ruissellement de l'eau vers les égouts. En cas de fortes pluies , les égouts sont saturés, ils ne parviennent plus à évacuer l'eau assez vite. L'eau s'accumule : c'est l'inondation.
2. chute de pierres → filet(s), zones non constructibles • inondation → digue(s), fossé(s), plantation de saules, arbres gros consommateurs d'eau • glissement de terrain → zones non constructibles, filet(s)
3. Date → 24 août 2016 • Lieu → Région du Tronto, en Italie centrale • Nombre total de personnes affectées par le séisme → Environ 3 200 • Dommages matériels → Plus de 10 villages endommagés, Pescara del Tronto entièrement détruit.

Check ! (p. 24)

1. pression.
2. Frédéric = 76,25 kg • Aminata = 52,5 kg • Karim = 65 kg • Lucie = 61 kg.
3. $\widehat{ACE} = 54°$ • $\widehat{EAC} = 72°$ • $\widehat{ACB} = 60°$ • $\widehat{ACF} = 18°$ • $\widehat{GEC} = 27°$ • $\widehat{BCD} = 102°$.
4. a) A tiger is faster than a sloth. • **b)** Parrots are the most colourful animals I know. • **c)** Whales are bigger than dolphins. • **d)** Alexis is the happiest visitor in the zoo.
5.
Afrique • → • forte croissance démographique
Europe • → • croissance démographique très ralentie
Asie de l'Est • → • croissance démographique très ralentie
Asie du Sud • → • forte croissance démographique
Amérique du Nord • → • croissance démographique très ralentie

6. a) Faux • **b)** Faux • **c)** Vrai • **d)** Vrai

ÉPISODE 3

FRANÇAIS (p. 26)

1. L'intrus est « aux coureurs » car il commence par une préposition. C'est donc un COI.
2. a) les coureurs ; des barrières ; la foule ; l'arrivée ; un casque ; les cols des Alpes
b) COD
3. a) [1] COD • **b)** [9] COD • **c)** [8] COI • **d)** [5] COI → 1985

FRANÇAIS (p. 27)

1. a) Phrase active • **b)** Phrase passive • **c)** Phrase passive
2. Lance Armstrong, détenteur du record de victoires avec sept succès au Tour de France, de 1999 à 2005, naît au Texas, États-Unis, en 1971. À l'âge de 16 ans, il [est passionné] <u>par le triathlon</u> qu'il pratique à un haut niveau. À la suite d'un cancer qui [a été diagnostiqué] en 1996, le sportif américain doit être lourdement traité pour que la maladie [soit vaincue]. Des bracelets jaunes « Livestrong » [sont vendus] afin de récolter des fonds pour la recherche médicale. En 2012, Amstrong [est déclassé] <u>par l'Agence américaine antidopage</u> qui le radie à vie de toute compétition cycliste.
3. a) filment en permanence les cyclistes.
b) Le public a largement applaudi

MATHS (p. 28)

1. a)

b) $\frac{18}{45}$ soit $\frac{2}{5}$ • **c)** $\frac{4}{15} \times 765$ soit 204 cm²

d) Le segment [AB] mesure 5 cm.

$AM = \frac{2}{5} AB = \frac{2}{5} \times 5 = 10 \div 5 = 2$

Le point M se trouve à 2 cm à droite de A.

2.

	Durée 1	Durée 2	Durée 3
en fraction d'heures	$\frac{17}{10}$ h	$\frac{17}{5}$ h	$\frac{23}{20}$ h
en heures et minutes	1 h 42 min	3 h 24 min	1 h 09 min
en heures décimales	1,7 h	3,4 h	1,15 h

3. a) En 1950, le nombre d'arrivants représente les $\frac{52}{116}$ du nombre de participants. • $\frac{52}{116} = \frac{13 \times 4}{29 \times 4} = \frac{13}{29}$

b) En 1985, le nombre d'arrivants représente les $\frac{144}{180}$ du nombre de participants.

• $\frac{144}{180} = \frac{4 \times 36}{5 \times 36} = \frac{4}{5}$ et $\frac{4}{5} = \frac{4 \times 20}{5 \times 20} = \frac{80}{100}$ soit 80 %

MATHS (p. 29)

1.

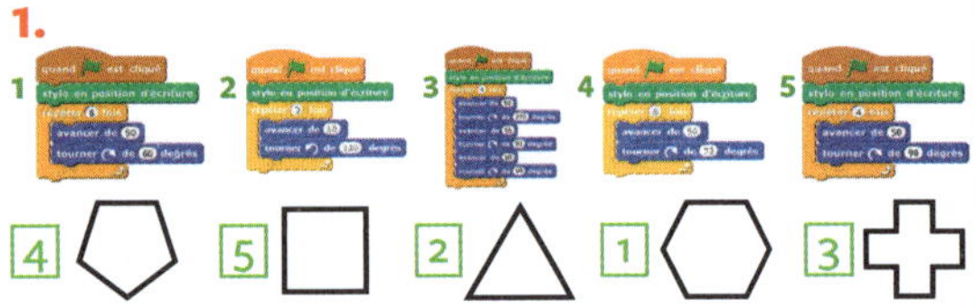

2. a) = A2*20 % et = A2*20/100. *Remarque* : Une formule doit commencer par le signe « = » et utiliser le nom de la cellule et pas le contenu de la cellule. • **b)** = A2 + 5 • **c)** A3. *Remarque* : Pour obtenir un « pas » de 5, il était aussi possible d'écrire 15 dans A3 et de sélectionner simultanément les cellules A2 et A3 pour étirer la formule à A4, A5, etc. • **d)** = A2 – B2 • **e)** Il faut sélectionner simultanément les cellules B2 et C2 vers le bas. On obtient :

	A	B	C
1	Ancien prix	Rabais	Nouveau prix
2	10	2	8
3	15	3	12
4	20	4	16

ANGLAIS (p. 30)

1. a) wrong • **b)** right • **c)** wrong • **d)** right • **e)** wrong

2. a) enjoy ; don't like • **b)** practices ; loves • **c)** doesn't (often) lose • **d)** do (you) prefer?

3. always does • often goes • sometimes plays

ANGLAIS (p. 31)

1. a) obligation • **b)** interdiction • **c)** permission • **d)** interdiction • **e)** interdiction

2. a) can ; must ; mustn't • **b)** must • **c)** can

3. you must be quiet • you mustn't take photos during services • you can take photos except during services • guide dogs are allowed • you can't take your dog in.

HISTOIRE (p. 32)

2. fossé • meurtrières • créneaux • hourds

3. rudes • guerre • confort • hygiène

SVT (p. 33)

1. Pour déployer une telle activité, l'organisme consomme beaucoup d'énergie. Celle-ci lui est fournie par les nutriments apportés dans l'alimentation. Thibault a donc besoin de manger plus.

2. Dans l'organisme, des réactions chimiques transforment les aliments et le dioxygène en produisant de l'énergie.

3. N'ayant pas pris de petit déjeuner, Anne manque d'énergie. • Un adolescent a besoin de trois à quatre repas par jour pour assurer sa croissance et son activité journalière.

Check ! (p. 34)

1. J'ai acheté un billet pour visiter un musée où j'ai vu beaucoup de tableaux. Je les ai admirés longtemps.

2. Il fallait cocher : Les billets sont réservés depuis longtemps. • Nous sommes invités par ma tante quelques jours dans le Var. • Les valises seront bientôt remplies de vêtements de plage.

3. a) $\frac{7}{8}$ • **b)** $\frac{28}{32}$ • **c)** $\frac{35}{40}$

d) $\frac{210}{2,4} = 87,5$ • $\frac{0,21}{24} = 0,00875$ • $\frac{2100}{2400} = 0,875$

4. a) You can have a guided tour if you like.

b) But you mustn't make noise in the cathedral.

5. Un château fort.

6. Il fallait cocher : fournir de l'énergie.

ÉPISODE 4

FRANÇAIS (p. 36)

1. fut • se tint • dit • tourna • s'éloigna • traça • atteignit • obliqua

2. dirent • tournèrent • s'éloignèrent

3. chauffer (il) → chauffa • devoir (tu) → dus • être (nous) → fûmes • finir (je) → finis • fondre (je) → fondis • libérer (il) → libéra obtenir (tu) → obtins • pouvoir (je) → pus • prévoir (tu) → prévis • user (nous) → usâmes

i	s	n	i	t	b	o
a	f	f	u	a	h	c
r	o	e	s	t	f	n
e	n	u	a	u	i	p
b	d	t	m	a	n	u
i	i	e	e	i	i	s
l	s	i	s	n	s	c
a	p	r	e	v	i	s

Avec les 7 lettres restantes, on peut former le mot Titanic.

FRANÇAIS (p. 37)

1. Verbes au passé simple : appuya, s'ébranla, lança, gémirent, hurlèrent, s'élancèrent, sautèrent, suivirent • Verbes à l'imparfait : démarrait, couvrait.
2. a) le passé simple • **b)** 8 • **c)** pour décrire.
3. 1er groupe : appuya, s'ébranla, lança, hurlèrent, s'élancèrent, sautèrent • 2e groupe : gémirent • 3e groupe : suivirent (du verbre *suivre*)
4. faisait • franchirent • se dirigèrent • était • avançait • étincelait

MATHS (p. 38)

1.
$A = \frac{4}{3} + \frac{7}{3}$ $\quad B = \frac{19}{21} - \frac{4}{7}$ $\quad C = 9 - \frac{5}{9}$

$A = \frac{4+7}{3}$ $\quad B = \frac{19}{21} - \frac{4\times3}{7\times3}$ $\quad C = \frac{9\times9}{1\times9} - \frac{5}{9}$

$A = \frac{11}{3}$ $\quad B = \frac{19-12}{21}$ $\quad C = \frac{81-5}{9}$

$B = \frac{7}{21} = \frac{1}{3}$ $\quad C = \frac{76}{9}$

2.
$A = \frac{3}{5}\times\frac{7}{2}$ $\quad B = \frac{11}{12} \times \frac{36}{44}$ $\quad C = 21\times\frac{4}{28}$

$A = \frac{21}{10}$ $\quad B = \frac{11\times12\times3}{12\times4\times11}$ $\quad C = \frac{7\times3\times4}{7\times4}$

$B = \frac{3}{4}$ $\quad C = 3$

3.
$A = \frac{5}{16}\times\left(\frac{13}{20}-\frac{1}{4}\right)$ $\quad B = \frac{5}{8}+\frac{3}{8}\times\frac{7}{15}$

$A = \frac{5}{16}\times\left(\frac{13}{20}-\frac{1\times5}{4\times5}\right)$ $\quad B = \frac{5}{8}+\frac{3\times7}{8\times3\times5}$

$A = \frac{5}{16}\times\frac{8}{20}$ $\quad B = \frac{5\times5}{8\times5}+\frac{7}{40}$

$A = \frac{5\times8}{2\times8\times5\times4} = \frac{1}{8}$ $\quad B = \frac{32}{40} = \frac{8\times4}{8\times5} = \frac{4}{5}$

4. Pour résoudre ce carré magique, on écrit toutes les fractions données avec le même dénominateur 12 et on complète pour que la somme soit toujours $\frac{30}{12}$ comme pour la diagonale. On simplifie.

$\frac{5}{12}$	$\frac{17}{12}$	$\frac{8}{12}$
$\frac{13}{12}$	$\frac{10}{12}$	$\frac{7}{12}$
$\frac{12}{12}$	$\frac{3}{12}$	$\frac{15}{12}$

$\frac{5}{12}$	$\frac{17}{12}$	$\frac{2}{3}$
$\frac{13}{12}$	$\frac{5}{6}$	$\frac{7}{12}$
1	$\frac{1}{4}$	$\frac{5}{4}$

MATHS (p. 39)

1.

7	22
6,3	19,8

$\frac{22\times6{,}3}{7} = 19{,}8$

7	42
11	66

$7\times6 = 42$
donc $11\times6 = 66$

15	10	25
9	6	15

15 + 10 = 25
donc 9 + 6 = 15

2. a) 2h30 = 2,5 h. La distance parcourue est de 2,5×140 = 350 soit 350 km.
b) $\frac{182}{140} = 1{,}3$ soit 1,3 h ou 1 h + 0,3 × 60 min soit 1 h 18 min.
c) La longueur totale du trajet est de 350 km + 182 km = 532 km. La vitesse moyenne est de 532 ÷ 2 = 266 soit 266 km/h.
3. Le volume total de l'iceberg est la somme des volumes de sa partie émergée et de sa partie immergée. La proportion de la glace émergée est de :
$$\frac{12000}{12000+84000} = \frac{12000}{96000} = \frac{12000}{8\times12000} = \frac{1}{8}$$
La proportion de glace émergée par rapport à l'iceberg est de $\frac{1}{8}$.
4. Il faut d'abord trouver le coût horaire de la location. Ils ont utilisé la motoneige pendant 5 + 4 + 7 = 16 h. Le coût horaire est donc de 64 € ÷ 16 = 4 €.

	Lilia	Noémie	Amine
Temps en heure	5	4	7
Prix en euros	5 x 4 = 20	4 x 4 = 16	7 x 4 = 28

ANGLAIS (p. 40)

1. a) an illuminated book • **b)** in Kells • **c)** in Kells • **d)** in the 17th century.
2. was • was • were • did • did
3. a) took • **b)** visited ; waited • **c)** didn't have ; ate • **d)** went ; bought.

ANGLAIS (p. 41)

1. a) right • **b)** wrong • **c)** right • **d)** wrong
2. À chaque fois, deux réponses sont grammaticalement possibles... le choix ne dépend que de toi !
a) Yes, I would / No, I wouldn't • **b)** Yes, I do / No, I don't • **c)** Yes, I would / No, I wouldn't • **d)** Yes, I do / No, I don't • **e)** Yes, I do / No, I don't.
3. He doesn't want to go back to France. • He'd like to walk on the beach. • He'd love to go dancing.

EMC (p. 42)

Les réponses dépendent de toi !

TECHNO (p. 43)

1. Igloo → se protéger du froid • Case en terre → se protéger de la chaleur • Château fort → se protéger des assaillants • Maison sur pilotis → se protéger des crues
2. toit de chaume → origine végétale • toit en ardoise → origine minérale • couvertures en peaux → origine animale • toit en tuile → origine minérale • toit en tavaillons → origine végétale
3. habitat • énergie • panneaux photovoltaïques • électricité • géothermique • chaleur • soleil • pivote
4. Le système le plus adapté est un ensemble d'engrenages.

Check ! (p. 44)

1. Je lisais quand mon père entra dans ma chambre.
2. a) Faux **b)** Vrai **c)** Vrai
3. a) 10,4 • **b)** 49,5
4. Yesterday, Alexis went to Grifton Street for shopping because he wanted to buy souvenirs from Dublin. He was happy to find a lot of presents for his family.
5. Une carte d'identité et un passeport.
6.
- Le toit en ardoise breton → résiste aux fortes pluies.
- Le toit bâché kazakh → permet un mode de vie nomade.
- Le toit en chaume alpin → résiste à la rudesse climatique.
- Le toit en tuile « romaine » → répond aux exigences esthétiques.

ÉPISODE 5

FRANÇAIS (p. 46)

1. qui : Camille • Ils : Philibert et Camille • elle : Camille • la : une tasse (si fine)
2. Mais combien de fois il faut que je vous le dise ? Le beurre, ça va dans un beurrier parce que ça prend toutes les odeurs ! Et le fromage aussi ! [...] Et ça, c'est quoi ? de la salade ? Pourquoi vous la laissez dans son sac plastique ? Le plastique, ça abime tout ! Je te l'ai déjà dit, Philibert !
3. Mes disques ont plu à tout le monde. Mais le plus important, c'est que Claire et Sonia ont été sciées de voir qu'un garçon était capable de cuisiner comme ça. Éric, lui, s'est gavé comme un goret, ne faisant visiblement pas la différence entre ma cuisine et les pizzas surgelées que lui servait sa mère.
4. tout (pronom indéfini) • c' (pronom démonstratif) • on (pronom personnel) • ils (pronom personnel) • les miens (pronom possessif) • qui (pronom relatif)

FRANÇAIS (p. 47)

1. a) les ; leur • **b)** Ce ; se • **c)** a ; est
2. a) a ; à • **b)** où ; ou • **c)** près ; prêt • **d)** des ; dès • **e)** sûres ; sur • **f)** Si ; ci ; s'y
3. la ; deux ; c'est ; tous ; Ce ; Quel ; m'ont ; mes ; sans ; verre ; veux ; mais ; quand ; sur ; très.

MATHS (p. 48)

1. $\frac{15}{18} \approx 0{,}833$ soit environ 83,3 %
2. a) A • **b)** B • **c)** C
3. a) Loire : 1 012 km = 101 200 000 cm
$101\,200\,000 \times \frac{1}{2\,000\,000} = 50{,}6$, soit 50,6 cm sur la carte. •
Seine : 776 km = 77 600 000 cm
$77\,600\,000 \times \frac{1}{2\,000\,000} = 38{,}8$, soit 38,8 cm sur la carte.
b) $\frac{486}{950} \approx 0{,}511$ soit environ 51 % de la Meuse sur le territoire français.

MATHS (p. 49)

1.

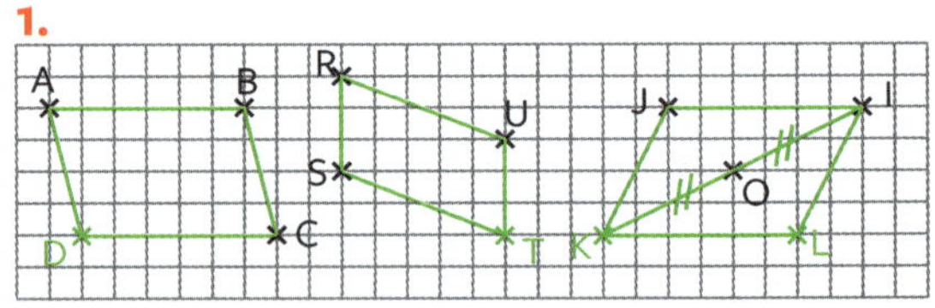

2. On partage chaque parallélogramme en deux triangles de même aire, on calcule l'aire de l'un d'eux puis on multiplie par deux. Ex. : pour ABCD, on calcule l'aire du triangle DBC = (BB' x DC) ÷ 2 puis on multiplie par 2 soit 12 x 2 = 24

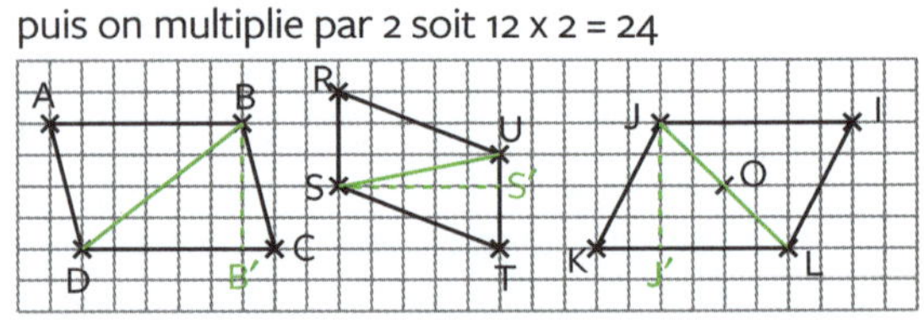

a) ABCD = 24 • **b)** RSTU = 15 • **c)** IJLK = 24
3. ABDE : parallélogramme, rectangle • AFDC : parallélogramme, rectangle, carré, losange • GBJE = parallélogramme • FGCJ : parallélogramme, losange • GHKL : aucune réponse • IHLK : parallélogramme, rectangle.

ANGLAIS (p. 50)

1. Il faut cocher **a)** (bagels), **b)** (pancakes), **d)** (sandwich), **e)** (smoked salmon), **g)** (ham), **h)** (jam), **i)** (Irish bread). Il faut entourer **b)**, **d)**, **e)**.
2. a) some ; any ; some • **b)** any ; any ; some
3. a) many • **b)** many ; much • **c)** much ; much • **d)** Many

ANGLAIS (p. 51)

1. a) gasping for air • looking after Thalia • **b)** disappeared • **c)** Anna was going to the harbour • Anna was with Alexis • **d)** Thalia is with Alexis.
2. was shining ; was phoning ; were walking ; was asking
3. a) came • **b)** were waiting ; exploded • **c)** was parking • **d)** bumped ; stopped ; started

GÉOGRAPHIE (p. 52)

1.

2.

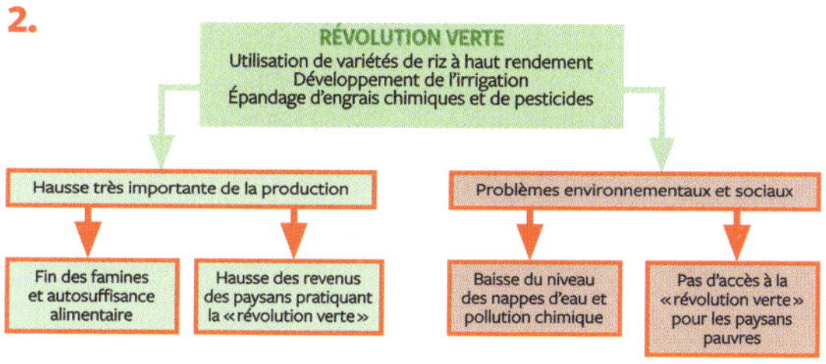

SVT (p. 53)

1. Les vaisseaux sanguins irriguent tous les organes du corps.
2.

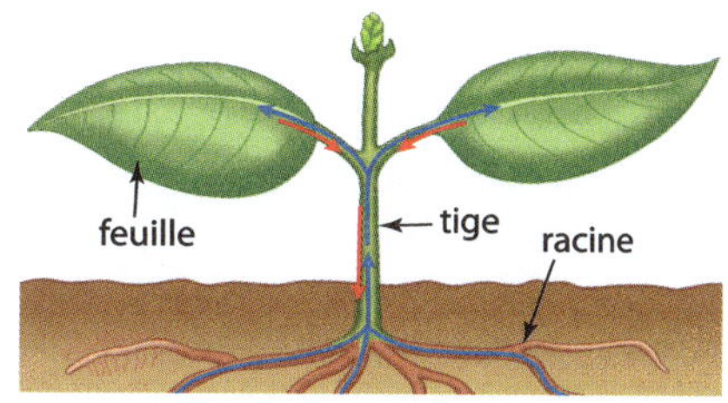

3. L'organe ou les organes irrigués par ce vaisseau bouché ne reçoivent plus le dioxygène et les nutriments nécessaires à leur fonctionnement. Si c'est le cœur ou le cerveau qui est atteint, cela peut causer un accident vasculaire mortel.

Check ! (p. 54)

1.
- lui • — • pronom personnel
- le sien • — • pronom possessif
- celui-ci • — • pronom démonstratif
- tout • — • pronom indéfini

2. Ce qui me plaît, c'est qu'on se trouve maintenant parmi ceux qui réussissent !
3. a. 80 % • **b.** 24 % • **c.** 23 750 • **d.** 850
4. 1. If you like, there is some tea for breakfast.
2. But there aren't any pancakes left, sorry.
3. How many bagels would you like?
5. Le riz.
6. a) Chez beaucoup d'animaux les nutriments sont transportés par les vaisseaux sanguins. • **b)** Le dioxygène de la respiration sert à tous les organes. • **c)** Chez les végétaux la sève circule dans des vaisseaux. • **d)** Chez les animaux le sang est un transporteur de matière.

ÉPISODE 6

FRANÇAIS (p. 56)

1. a) Le texte décrit une sécheresse prolongée.
b) 2 Le vent triste • 1 Le froid • 3 L'absence de parfum • 4 Les brûlis noirs et déserts
2. La description permet d'expliquer l'état d'esprit des personnages.
3. Vue → couleurs, jaunies, blanches • Odorat → parfum • Toucher → froid, humidité

FRANÇAIS (p. 57)

1. Quelques semaines plus tard • sur les hauteurs de Blainville • avec l'aide d'une poignée de copains • y • à l'aide d'une éolienne verticale • avec un poêle à granulés • dans des toilettes sèches
2. depuis longtemps (CC de temps) • en voiture (CC de moyen) • depuis des mois (CC de temps) • le long des murs (CC de lieu) • chez Ludovic (CC de lieu).
3. [À travers les doubles vitrages], on voyait briller de la lumière. [...] [Lorsque Ludovic leur ouvrit la porte], Hervé et Victor manquèrent de défaillir : il régnait [chez leur frère] une douce chaleur [...].
« Comment tu fais pour avoir tout ce que nous n'avons plus ? » s'enquit Hervé [...] [avec envie] [...]. [...] [Dehors], le vent hurlait aussi fort qu'une meute de loups. Tous les efforts qu'il déploya pour s'introduire [dans la maison de Ludovic] restèrent vains. En revanche, il fit tourner l'éolienne [tant et si bien qu'elle produisit assez de kilowatts pour assurer aux trois petits cochons un hiver douillet]...

MATHS (p. 58)

1. a) M (10) ; N (–3,8) ; P (–0,5)

b)

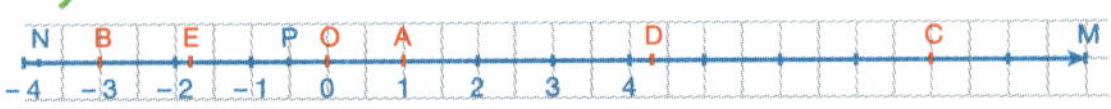

c) 4,52 > 4,5 > 4,05 > 1 > 0 > –7,3 > – 7,304 > – 7,35

2. Cathédrale de la place Saint Marc : (0 ; –1)
- Pont du Rialto : (–2 ; 1)
- Collection Guggenheim : (–4 ; –4)
- Palais Mocenigo : (–4 ; –1)
- San Giorgio Maggiore : (1 ; –4)
- Scuola Grande : (0 ; 3)
- Palais Fortuny : (–3 ; 0)
- Pont des Soupirs : (1 ; –1,5)
- San Zanipolo : (1 ; 2)

3.

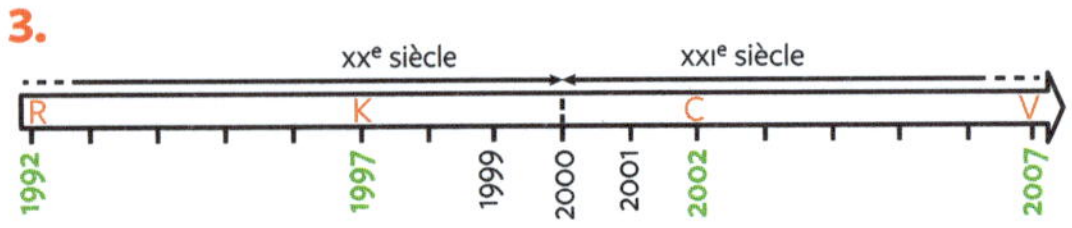

MATHS (p. 59)

1. A = – 9 + (–10,2)
A = –19,2

B = 4,8 + (–11)
B = –6,2

C = –16 – (–15)
C = – 16 + 15
C = –1

D = 24 – (–7) + (–10) – (+18) – (+12)
D = 24 + (+7) + (–10) + (–18) + (–12)
D = 24 + 7 – 10 – 18 –12
D = 31 – 40
D = –9

2. $A = x - y - z + t$
$A = -5 - (-6) - 9 + (-7)$
$A = -5 + 6 - 9 - 7$
$A = 6 - 21$
$A = -15$

$B = x - (y - z + t)$
$B = -5 - [(-6) - 9 + (-7)]$
$B = -5 - [-6 - 9 - 7]$
$B = -5 - (-22)$
$B = -5 + 22$
$B = 17$

3. a)

	Blé tendre	Maïs	Colza
Baisse des prix en %	– 4,6	– 4,9	– 4,2
Baisse de revenus en %	–4,6 + 2,9 = –1,7	– 4,9 + 2,9 = –2,0	– 4,2 + 2,9 = –1,3

b) 195 + (–37) = 158 et 52 + (+45) = 97
La récolte de colza a été de 158 tonnes et celle de miscanthus de 97 tonnes.

ANGLAIS (p. 60)

1. a) Anna's friend's house • **b)** Leprechauns • **c)** small ; Irish legendary creatures • **d)** a super hero

2. a) Who • **b)** Where • **c)** What • **d)** Whose

3. What's your name? • How old are you? • When were you born? • Do you like my costume? • Would you like to dress as a Leprechaun? (*ou toute autre question pertinente commençant par* Would)

ANGLAIS (p. 61)

1. a) leave Ireland ; go back to France • **b)** visit his grandparents • **c)** Anna ; Anna's family

2. a) are going to cry • **b)** is going to rain • **c)** are going to hug

3. a) will go ; will play
b) will go • won't read • will watch • won't play

HISTOIRE (p. 62)

1.

2. a) conséquence • **b)** cause / conséquence • **c)** cause • **d)** conséquence • **e)** conséquence • **f)** conséquence • **g)** conséquence • **h)** cause

PHYS.-CHIMIE (p. 63)

1.

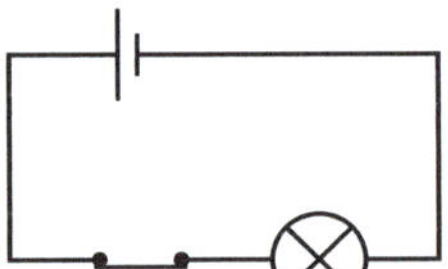

2. a) Un générateur • **b)** de la borne positive vers la borne négative • **c)** une boucle • **d)** est indépendant des autres récepteurs.

3.

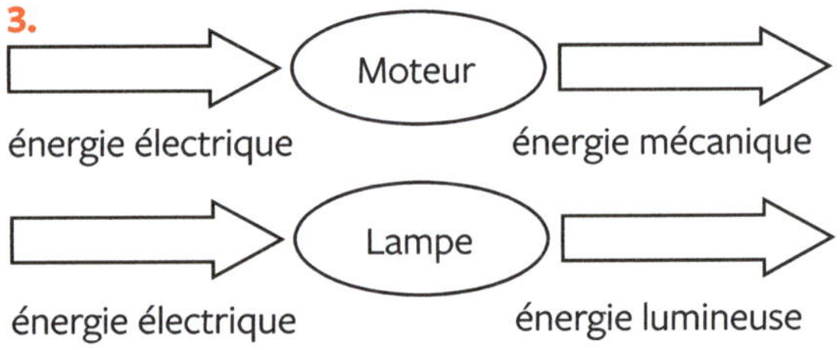

Check ! (p. 64)

1. a) CC de temps • **b)** CC de lieu • **c)** CC de cause

2. – 4,7 < – 4,65 < – 4,6 • –1 < – 0,9 < – 0,4 • – 5 < – 4, 75 < – 4

3.

+ 9,5	– 7	– 4
+ 2,5	– 11	
+ 8,5		

4.

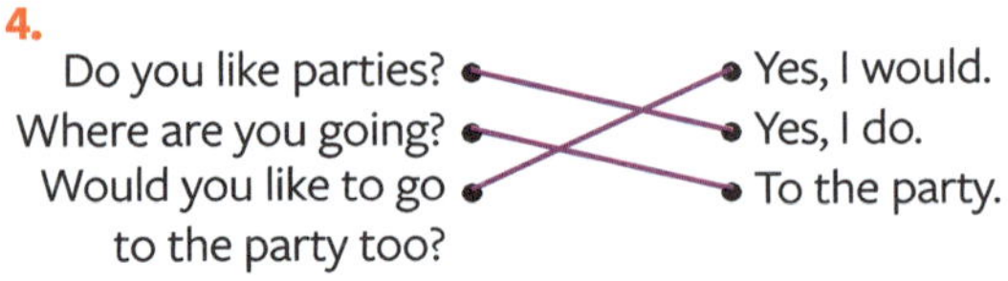

5. L'Amérique.

6. a) Faux • **b)** Faux • **c)** Vrai

ÉPISODE 7

FRANÇAIS (p. 66)

1. a) voir, futur antérieur • **b)** inquiéter, passé composé • **c)** croire, plus-que-parfait

2.

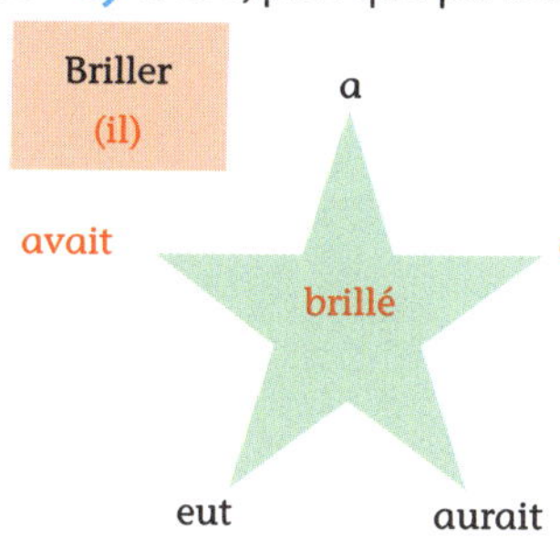

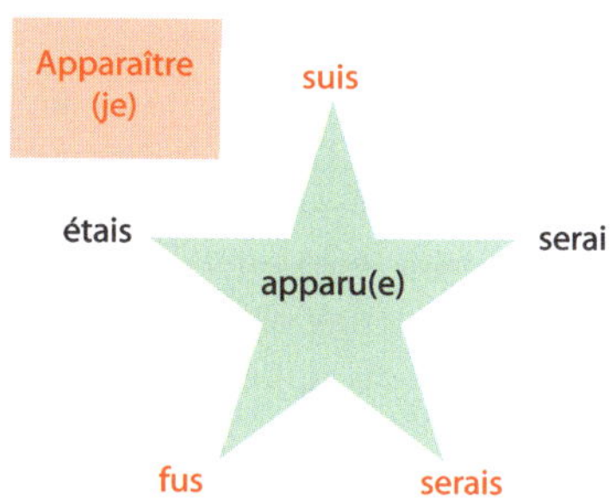

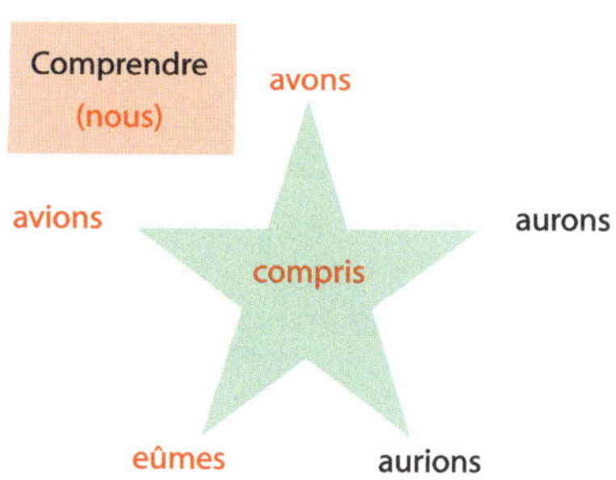

FRANÇAIS (p. 67)

1. a) La lumière d'une étoile •
b) Le faible éclat de certaines étoiles •
c) Les astronomes

2. Notre galaxie est ~~appelé~~ la Voie lactée. L'origine de son nom est ~~lié~~ au mythe de Jupiter qui, voulant rendre son fils Hercule immortel, décida de le nourrir du lait de Junon. Le lait, s'échappant du sein de Junon, aurait alors ~~donnée~~ naissance à la Voie Lactée.

1. appelée • **2.** liée • **3.** donné

3. Pour faire un parcours sans faute, il faut passer par les phrases 1, 3, 8 et 4.

1. Les étoiles filantes sont souvent perçues comme des porte-bonheur. **2.** Le Soleil est si brillant qu'il a empêché nos yeux de voir les autres étoiles. **3.** Ce phénomène lumineux est produit par des débris qui ont perdu leur énergie. **5.** La Terre est continuellement bombardée par des débris cosmiques. **8.** Les étoiles nous ont entourés toute la journée. **9.** Copernic a introduit l'idée que la Terre a toujours tourné autour du Soleil et non l'inverse.

MATHS (p. 68)

1. a)

Valeurs de x	$5x-3$	$14{,}5-2x$
$x = 1{,}5$	4,5	11,5
$x = 2$	7	10,5
$x = 2{,}5$	9,5	9,5

b) fausse ; vraie • **c)** 2,5

2. a) Le périmètre du polygone en fonction de x : $P_1 = 3x + 8$.
Le périmètre du triangle en fonction de x : $P_2 = 2x + 10$

b) $x = 1$: $P_1 = 11$ et $P_2 = 12$ • $x = 2$: $P_1 = 14$ et $P_2 = 14$ • $x = 3$: $P_1 = 17$ et $P_2 = 16$

c) P1 = P2 = 14 cm pour $x = 2$ cm, c'est-à-dire que, pour $x = 2$ cm, le polygone jaune et le triangle vert ont le même périmètre.

3. a) $N = 4{,}6x + 2{,}6x$ ou $N = x(4{,}6 + 2{,}6) = 7{,}2x$

b) Il est tombé 50 étoiles par heure.

	$x = 30$	$x = 40$	$x = 50$
N	$7{,}2 \times 30 = 216$	$7{,}2 \times 40 = 288$	$7{,}2 \times 50 = 360$

MATHS (p. 69)

1. On commence par placer le point D pour construire le parallélogramme ABCD et on poursuit en respectant le codage indiqué.

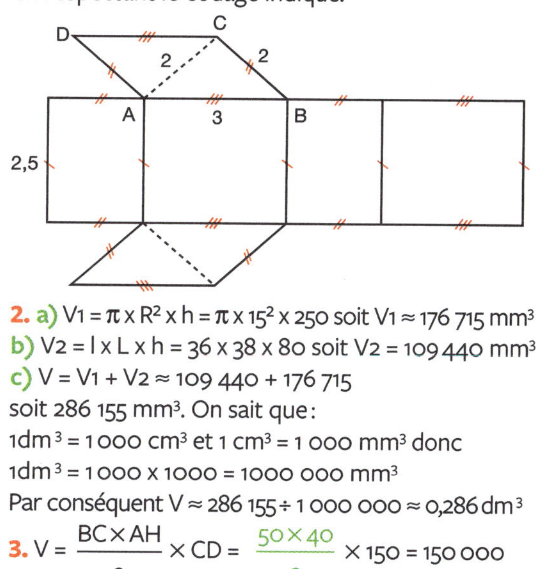

2. a) $V_1 = \pi \times R^2 \times h = \pi \times 15^2 \times 250$ soit $V_1 \approx 176\,715$ mm³

b) $V_2 = l \times L \times h = 36 \times 38 \times 80$ soit $V_2 = 109\,440$ mm³

c) $V = V_1 + V_2 \approx 109\,440 + 176\,715$
soit 286 155 mm³. On sait que :
1 dm³ = 1 000 cm³ et 1 cm³ = 1 000 mm³ donc
1 dm³ = 1 000 x 1 000 = 1 000 000 mm³
Par conséquent $V \approx 286\,155 \div 1\,000\,000 \approx 0{,}286$ dm³

3. $V = \frac{BC \times AH}{2} \times CD = \frac{50 \times 40}{2} \times 150 = 150\,000$
soit 150 000 cm³ ou 150 dm³. 1 L = 1 dm³ donc le réservoir contient 150 litres de carburant.

ANGLAIS (p. 70)

1.

/θ/ comme dans *thank* (plus proche du /s/)	/ð/ comme dans *mother* (plus proche du /z/)
think – ~~this~~ – theatre – ~~they~~ – theory – mouth – ~~clothes~~	that - ~~teeth~~ – these – other – ~~month~~ – brother – ~~healthy~~

2. ~~K~~NOW • ANS~~W~~ER • LIS~~T~~EN • SHOU~~L~~D
HA~~L~~F • ~~K~~NI~~GH~~T • CAS~~T~~LE • ~~W~~RITE • I~~S~~LAND •
CU~~P~~BOARD • WE~~D~~NESDAY
3. hat : /æ/ • make : /ei/ • small: /ɔː/ • dark : /ɑː/ •
fat : /æ/ • father : /ɑː/

ANGLAIS (p. 71)

1. ORANGE • IMPORTANT • PATIENT •
ADORABLE • PYJAMAS • CULTURE
2. a) UNITY • NATIONALITY • ELECTRICITY •
EQUALITY • GENERALITY
b) L'accent tonique se place sur la syllabe qui précède le suffixe en *-ity*.
3. a) ↘ **b)** ↗ **c)** ↘ **d)** ↗ **e)** ↘

GÉOGRAPHIE (p. 72)

1. 1. Diminution de la surface des terres cultivables. → Création de « fermes verticales » comme à Vancouver (Canada) sur le toit d'un parking.
2. Multiplication des événements climatiques extrêmes (cyclones...). → Plantation de mangrove dans l'archipel des Tuvalu (océan Pacifique) pour limiter l'effet des cyclones.
3. Déforestation. → Installation de téléphones portables recyclés qui détectent les coupes illégales dans les forêts d'Indonésie par l'ONG Rainforest Connection.
4. Augmentation des polluants dans l'atmosphère. → Projet d'immeuble anti-smog pour capter le CO_2 et améliorer la qualité de l'air à Paris.
5. Élévation du niveau des mers. → Construction de maisons flottantes aux Pays-Bas.
6. Désertification. → En Afrique, entre le Sénégal et l'Éthiopie, plantation d'une muraille verte contre l'avancée du Sahara.
2.

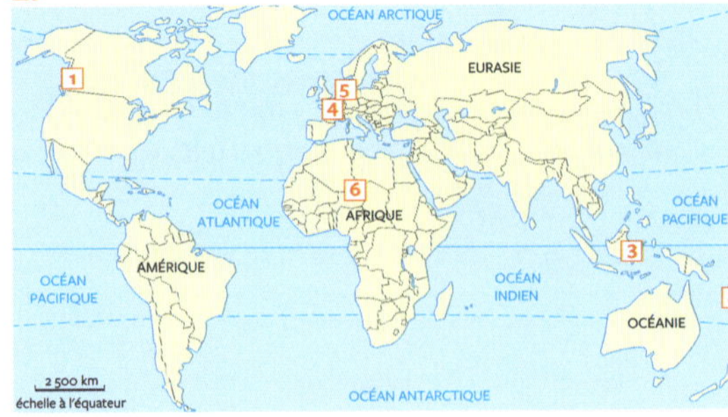

TECHNO (p. 73)

1. hélice • vent • générateur • transformer • rotation • courant électrique • batteries
2. Éolienne Darrieus : axe vertical • Éolienne tripale : axe horizontal • Éolienne Savonius : axe vertical • Éolienne hélicoïdale : axe vertical • Éolienne bipale : axe horizontal
3. La partie mobile d'une éolienne s'appelle le rotor.
4. La configuration du multiplicateur la plus adaptée est la B.

Check ! (p. 74)

1. a. J'avais réussi • **b.** J'aurai réussi
2. a. perdu • **b.** venus **c.** égarées ; retrouvé
3. a. 72 cm³ • **b.** 9,5 cm • **c.** 15,7 cm³
4. a) 1. • **b)** 3. • **c)** 1. • **d)** 2.
5. ne pas prendre leur voiture pour aller travailler.
6. Au vent.

ÉPISODE 8

FRANÇAIS (p. 76)

1. a) explique → discours indirect • **b)** demande → discours direct • **c)** répond → discours direct • **d)** ajoute → discours indirect
2.

3. a) Jeanne demande quelle est la différence entre mail et courriel. • **b)** Willy dit qu'il sait. Il ajoute... • **c)** Jeanne demande si, lui, il sait créer son propre site.

FRANÇAIS (p. 77)

1. « J'aimerais m'inscrire sur Facebook mais je n'ai pas envie que ma vie privée devienne publique, s'inquiète Jeanne.

– Pourquoi avoir peur si tu personnalises tes paramètres de confidentialité ? propose Willy.
– Je ne sais pas comment faire, reconnaît Jeanne.
– Eh bien, tu t'inscris en choisissant les profils qui auront accès à ton mur, lui répond Willy, rassurant.
– Et je suis sûre de rester discrète sur mes informations personnelles ? demande-t-elle.
– Normalement oui, si tu choisis bien tes amis, » conclut Willy.

2. 1 « C'est un film piraté que tu me proposes ? Tu l'as téléchargé illégalement ! reproche Jeanne à Willy.
2 – Non, je sais très bien que c'est interdit.
3 – Mais où as-tu alors trouvé ce film que tu m'as envoyé ?
4 – Je suis allé sur un site de téléchargement légal où je ne l'ai payé que quelques euros.
5 – Tu as bien fait. Au moins tu ne risques ni amende ni prison. »

3. raconta • s'exclama • demanda • répondit • renchérit • dit

MATHS (p. 78)

1. 1) 28 °C • **2)** 21 °C • **3)** 39 °C
2. a) 80 – (15 + 27 + 20) = 18
b)

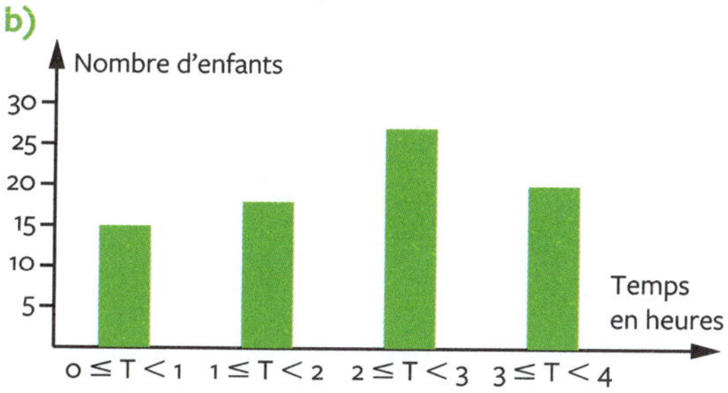

MATHS (p. 79)

1. a) F1, F2, F3, F4, F5, F6, P1, P2, P3, P4, P5, P6 : il y a 12 issues. • **b)** Issues favorables : F1, F3, F5 donc la probabilité est 3/12 ou 0,25. • **c)** Une seule issue favorable : P5 donc la probabilité est 1/12. • **d)** Issues favorables : P1, P2, P3, P4, P5, P6, F5 donc la probabilité est 7/12.
2. a) 4/12 ou 1/3 ; 0 ; 5/12 • **b)** 6/12 ou 0,5 • **c)** Il y a 2 nombres : 3 et 9 donc la probabilité est 2/12 ou 1/6.
3. a) 4/8 ou 0,5 • **b)** 2/8 ou 0,25 • **c)** 1/8 ou 0,125 • **d)** 3/8 ou 0,375 • **e)** 0 • **f)** 3/8 ou 0,375

ANGLAIS (p. 80)

Script du document audio

SHOP ASSISTANT – Good afternoon. Can I help you?
ANNA – Yes, please. We are looking for a typically Irish gift.
SHOP ASSISTANT – You're in the right place! What kind of present would you like?
ANNA – Well, I don't really know. This is for my best friend who lives in France.
QUINTON – Do you have funny mugs?
SHOP ASSISTANT – Yes, I do. Look at this one with Leprechauns on it... Tourists like it very much.
ANNA – I'm sorry, I don't really like it...
SHOP ASSISTANT – What about a wool sweater, then?
ANNA – Good idea but... it's very expensive! Have you got something cheaper?
SHOP ASSISTANT – Sure! We've got many very nice T-shirts. Look at those green ones over there, they are on sale... 30% off.
ANNA – What do you think, Quinton?
QUINTON – Great idea! Look at this one, it says "Craic Lover"! Do you remember Alexis didn't know what "craic" meant before he came to Ireland? I'm sure he'd love this T-shirt.
ANNA – Ok... but I like it better in black. Are the black T-shirts on sale too?
SHOP ASSISTANT – Yes... but only 20% off.
ANNA – And how much is it with the discount?
SHOP ASSISTANT : Nine euros.
ANNA – Awesome! I'll take it!
SHOP ASSISTANT – What size is your friend?
ANNA – S or... M maybe? What do you think, Quinton?
QUINTON – I'd say size S...
SHOP ASSISTANT – Good! Here you are! How do you want to pay?
ANNA – In cash, please.
SHOP ASSISTANT – Thank you. Here's your receipt. Good bye!
ANNA AND QUINTON – Bye!

1. a) Dans un magasin de souvenirs
b) Une conversation d'Anna avec un(e) vendeuse
2. a) 3 personnes : Anna, Quinton et une vendeuse • **b)** Ils parlent du cadeau qu'Anna veut acheter (dans la boutique de souvenirs) pour Alexis, son ami français.
3. Irish – gift – present – best friend – mugs – Leprechauns – wool – sweater – expensive – cheaper – nice – T-shirts – green – sale – craic – black – size – friend – pay – cash – receipt

ANGLAIS (p. 81)

Script du document audio

Why you should move to Ireland

You may think Ireland is just a little island in the Atlantic Ocean, but, believe me, it has a lot more to offer.

In 2014, a survey crowned Ireland the best country in the world (out of 125 countries). The study combined 35 indicators and its conclusion was that Ireland has made the greatest contributions to humanity and the planet. So... why not move to Ireland right now?

Ireland is one island but 2 countries: the Republic of Ireland occupies 80% of the land and the northern part of the island is part of the United Kingdom.

Ireland is known for its green fields. That's why its nickname is the Emerald Isle. But its landscapes are varied and incredibly beautiful: the cliffs of Moher or the Connemara lakes are just two examples.

Irish people are very hospitable and friendly. They like talking to other people and learning about the world. If you go to an Irish pub, you will understand a lot about Irish people. And after a few pieces of Celtic music and a few pints of their famous beer (Guinness) you will understand what they call "craic", which is spelled C-R-A-I-C, an Irish word for fun and enjoyment.

I'm sure you're ready to come and join us now... So, welcome to Ireland!

■ **Ray Smith, IRT news, Dublin.**

1. a) Une émission de radio • **b)** Un journaliste (de IRT News) / Ray Smith • **c)** Il parle de l'Irlande / de tout ce qu'offre l'Irlande • **d)** Il veut convaincre ses auditeurs de venir vivre en Irlande.

2.

In a recent survey dated 2014...	Ireland was crowned the best country in the world out of 125 countries.
Ireland is...	– one island, 2 countries. – the Republic of Ireland and part of the United Kingdom. – called the Emerald Isle.
Irish people are...	hospitable, friendly (nice), interested in talking to people and learning about the world.
In Irish pubs, you can have / find...	– Celtic music – beer (Guinness) – (= fun in Irish) : craic
The journalist's conclusion	The listeners should be convinced to move to Ireland / they are probably ready to go and live out there.

HISTOIRE (p. 82)

1. C'est la monarchie.

2. François Ier → Ordonnance de Villers-Cotterêts, 1539 ; Le château de Chambord • Henri IV → Édit de Nantes, 1598 • Louis XIV → Le château de Versailles ; Édit de Fontainebleau, 1685.

3. a) Louis XIV • **b)** Henri IV • **c)** François Ier

PHYS.-CHIMIE (p. 83)

1.

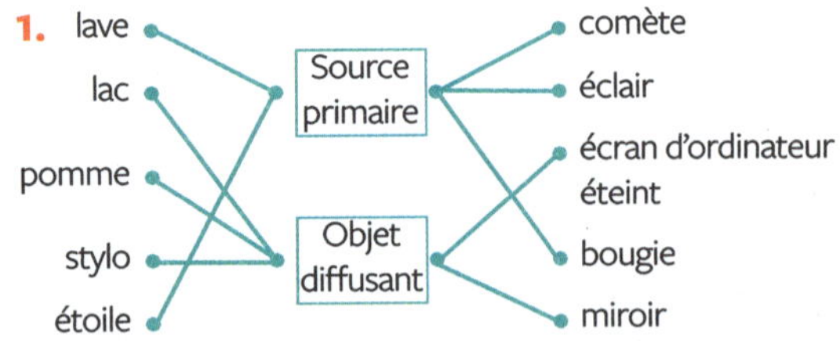

2. Le schéma 2 représente correctement le trajet de la lumière.

3. Vrai : 2 ; Faux : 1, 3, 4, 5, 6.

4. émet • source primaire • diffuse • objet diffusant • recevoir • propage.

Check ! (p. 84)

1.

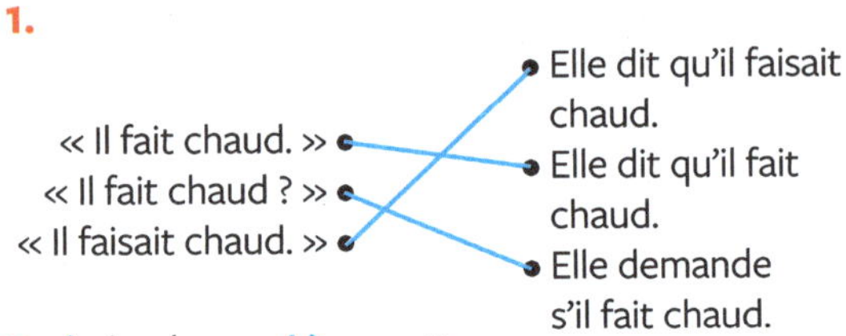

2. a) s'exclama • **b)** regretta

3.

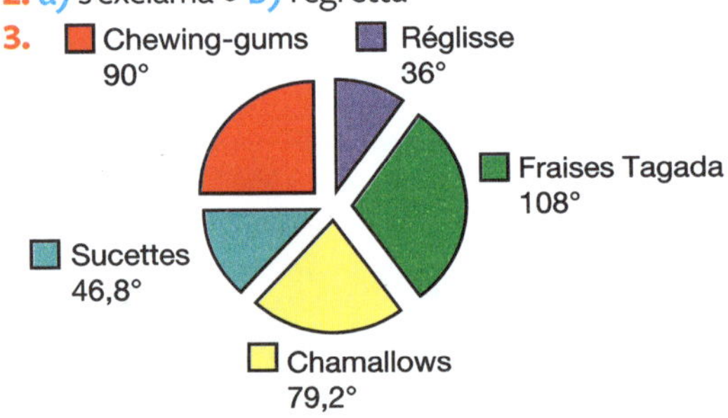

4. 1. Avant l'écoute, anticipe et prépare-toi.
2. Écoute l'ensemble du document sans rien noter.
3. Repère le type de document, le nombre de voix, le sujet du document.
4. Relève les mots accentués pour affiner ta compréhension.
5. Note de plus en plus de détails, complète tes notes ou les exercices demandés.

5. François Ier.

6. Il fallait cocher : la planète Mars, un cahier, une manette de jeu et une paire de ciseaux.

Achevé d'imprimer par Imprimerie IPS à Pacy-sur-Eure – France - Dépôt légal : 09395 9 / 01 - Mars 2023

Infographie : Vincent Landrin ; L. Blondel (p. 23)
Cartographie : Noël Meunier
Illustrations : Jean-Emmanuel Vermot-Desroches ; Laurent Lolmède (pages d'anglais et p. 7) ; Pierre-Emmanuel Dequest (p. 32) ; Bernard Isselin (p. 83)
Iconographie : Brigitte Hammond
Maquette de principe : Favre & Lhaïk
Mise en page : Grafatom
Édition : Aude Marot, Pauline Siegwart, Théa Goossens, Louise Roullier et Sandra Bellemin